『ダーティペアの大帝国』

ユリの聖獣は広場の上空へと、高く舞いあがった——ペガサスである。
（139ページ参照）

ハヤカワ文庫JA
〈JA991〉

ダーティペア・シリーズ〈7〉

ダーティペアの大帝国

高千穂　遙

早川書房
6642

カバー／口絵／插絵

安彦良和

目次

サトシとピカチュウに。
かれらは世界のゲーム史に大きな足跡を残した。

ＷＷＷＡは銀河連合に付属する公共事業機関である。正式名称は世界福祉事業協会。ＷＯＲＬＤＳ　ＷＥＬＦＡＲＥ　ＷＯＲＫ　ＡＳＳＯＣＩＡＴＩＯＮという。ＷＷＷＡは、その略称である。

二一一一年、ワープ機関を完成させて宇宙に飛びだした人類を待ち受けていたのは、さまざまな災厄《トラブル》であった。続発するトラブルは、植民地経営が安定し、惑星国家が地球連邦から独立してもなくなることはなかった。

銀河連合は、国家と国家の垣根を越えてこれらのトラブルの解決にあたるための専門機関を二一三五年に設立させた。

それがＷＷＷＡである。

ＷＷＷＡは、提訴によって動く。各国家の捜査機関が匙を投げた事件、あるいは、かれらが事件とすら意識していないトラブルをＷＷＷＡは扱う。

提訴がおこなわれると、銀河連合の中央コンピュータはトラブルの内容を吟味する。加盟国政府のコンピュータ・システムと直結されている中央コンピュータである。中央コンピュータはそのトラブルを徹底的にシミュレートし、当該トラブルが放置されているとどういう状況に至るのかを予測する。そして、その結果、このトラブルを解決しなければ人類の繁栄に重大な障害が生じると認めたときに、ＷＷＷＡは専門の係官を派遣する。

トラブル・コンサルタント。略してトラコン。

係官は、そう呼ばれている。

ダーティペアの大帝国

第一章　激変するにもほどがある

1

あれから三か月が過ぎた。

夢のような三か月だった。

あたしの人生でいちばん充実した三か月。そう言いきっても、過言ではない。

あたしの名前はケイ。WWWAの腕利き犯罪トラコンだ。銀河系一の美女として、広くその名を知られている（はずだ）。

ある日、あたしたちに出動命令が下った。

惑星国家サルシフィでのささやかなミスのおかげで謹慎をくらっていたあたしと相棒のユリは、その命令に従って、惑星国家キンメリアへとやってきた。

キンメリアには一大テーマパークがあった。

バーバリアン・エイジ。

巨大な大陸ひとつをまるごと使ってヒロイックファンタジーの世界を再現した超絶のテーマパークである。

これがもうどのくらいすごいかというと、筆舌に尽くしがたいくらいすごいのである。

とにかく、バーバリアン・エイジには、本物のヒロイックファンタジーの世界がある。贋物だけど、本物だ。最新の科学技術の粋を集めてつくった架空世界だけど、その中に飛びこんだものにとっては、それはまごうことなき現実世界だ。

バーバリアン・エイジが、国際犯罪組織に狙われている。

それがWWWA提訴の理由だった。

提訴者はハワード。正体は、よくわからない。バーバリアン・エイジの関係者らしいが、WWWAの管理コンピュータは、その名前しかうちらには教えてくれなかった。

なにはともあれ、あたしとユリは惑星キンメリアにやってきた。

素性を伏せ、一民間人としてバーバリアン・エイジに参加した。

あたしたちを迎えたのは、一体の白ウサギもどきだった。

人間じゃない。

でも、人語を話す。たぶん精密なロボットだと思うが、当人（当ウサギ？）は、それをきっぱりと否定した。

　自分はゴソッポ族のチュリルである。一族の偉大な血を引く、大陸随一の魔導士である。そう主張した。

　そのチュリルが、実はハワードの使者だった。

　というか、中身はハワードそのものだった。ハワードの人格がそっくり、チュリルの記憶の中に移植されていたのである。

　あたしたちはチュリルに案内され、大陸をめぐる旅人となった。

　最初にキャラを決めた。職業とも言う。

　あたしは戦士。ものすごくかっこいい、無敵の戦士だ。セクシーな甲冑に身を固め、由緒正しき名刀を揮って群がるモンスターをばったばったと薙ぎ倒す。

　ユリは魔法少女になった。

　十九歳で、ま・ほー・しょー・じょ。笑っちゃうね。少女って顔かよ。魔法おばさんって名乗りな。

　と言いたくなるが、本当に魔法少女になった。しかも、七つもの変身能力を身につけた。

　ま、変身するだけで、さほどの能力じゃないんだけどね。

　あたしとユリは旅の途中でドラゴンを打ち倒し、その生命力を自分たちのものとした。

　もちろん、ドラゴンのジンガラもあたしたちの下僕となった。代償として、案内役のチュリルを失ったが、それはたいした問題ではなかった。チュリルの意識がジンガラに乗り移ったからだ。

最強無敵のドラゴン、ジンガラを駆って、あたしたちは大陸を支配する三大大国のひとつ、ヒルカニアの首都カウランをめざした。

めざすついでに、山賊の一味をたいらげた。たいらげて、一味を根こそぎ乾分《こぶん》にした。

さらに、マイティ・ロックというギャンブラーとも知り合った。

ロックとともに、あたしたちはカウランに入った。

カウランでの目的は傭兵試験だった。

ヒルカニアの傭兵になって、陰謀に関する情報を集める。そういう算段だ。

傭兵試験にはあっさりとパスした。当然である。あたしたちの才能と技と知性と美貌があれば、傭兵試験など、どれほどのものでもない。目をつぶっていても合格する。

傭兵となったあたしたちは千人隊長に任命された。

千人隊といっても、隊員はわずかに二十八人である。看板に偽りありだが、そこはそれ、気は心だ（意味不明）。

任務も与えられた。叛乱を起こした砦を制圧してこい。そう言われた。

さっそく出発した。

フラバ村というところに宿泊したときだった。

訪問者があった。傭兵試験を受けた際に行方不明になったギャンブラーのマイティ・ロックだった。

ロックは、あたしたちの乾分となっていた山賊のゴステロ兄弟を引き連れていた。

「双子王子の居場所がわかった」

ロックはあたしたちに向かい、そう言った。

双子王子とは何か。

それは大陸全土に流布している無数の怪しい噂のひとつである。イベントの意味もあって、システム側がこういう伝説もどきの話を噂の形で流しているのだ。参加者はその真偽をたしかめるために動き、運がいいと特典やポイントをごっそり手に入れることができる。

ヒルカニアのどこかに、小さな城があり、そこに双子の王子が幽閉されている。王子は王家のペンダントという宝物を持っていて、そのペンダントを入手して使うと、伝説の魔剣が手に入る。魔剣を得た者は、どんな大国でも落とすことが可能になる。

そういう噂だ。

噂は事実だった。

あたしとユリはヒルカニアを裏切り、傭兵部隊を自分たちの私兵にした。そして、双子王子の国、アルゴスへと進軍した。

アルゴスの首都シャラーンに、双子王子の城はあった。

城には門番塔という高い塔があり、そこをまず攻略しないと中に入れなかった。とーぜん、攻略した。あたしががんばってモンスターをつぎつぎと殪《たお》し、最上階まで駆けあがった。ユリが魔法を使い、門をあける。中ノ島に向かう橋を浮上させる。

城の中には、さらに強敵がいた。

クレアボワイヤンスという超能力を使って、あたしたちはみごとに双子王子の居場所を突きとめた。

でも、背後には三つ星クラスのモンスターが団体で迫っていた。

助っ人がほしい！

そうわめいたら、本当に助っ人があらわれた。

アルゴス建国の英雄、アーシュラだ。

首のない戦士ロボットである。首がないから、動かない。通常、こういうのをただのガラクタ人形と呼ぶ。

ところが、そこに仰天するような裏技があった。

ムギがガラクタ人形の中に組みこまれてしまったのである。

通常、参加者が連れてきたペットはバーバリアン・エイジのイベントや戦闘に加わることができない。キャラとして、登録されていないからだ。

でも、アーシュラは違った。アーシュラは伝説の英雄として、すでに登録されていた。

そこにムギが合体したらどうなるか？

正式に登録された黒豹頭の戦士、アーシュラとなるのである。

冗談でも、嘘でもない。

マジに、そうなった。

アーシュラの援護を受けたあたしたちは俄然、奮いたった。

そして、ついに王家のペンダントを手中に納めた。

覇王の魔剣もこの手に握った。

勝った。大勝利だ。

そう思ったとき。

ラスボスが出現した。

どこまで試練を繰りだせば気がすむのよ。

バーバリアン・エイジのシステムに向かって文句のひとつも言いたくなるくらい、ピンチがつづく。

三大黒魔導士のひとり、スカルウイザード。

こいつが最後の最後にでてきた敵の親玉だった。

残る力を振り絞り、必死で魔剣を振りまわして、あたしは戦った。ユリも少しだけ、魔法で協力した。ムギ……じゃなかった、アーシュラもちょっとだけ手助けしてくれた。

ジンガラはどっかでひっくり返っていた。

激闘の末、あたしはスカルウイザードを殪した。

ということは。

あたしがアルゴスの新王になったということだ。

一国の王！

このあたしが！

美貌の女王である。その美しさは、言うまでもなく大陸一。

戴冠式が執りおこなわれた。

同時に、大宴会がはじまった。

三日三晩つづく、ウルトラ大無礼講になった。

2

いきなり城内が騒がしくなった。

悲鳴があがる。爆発音が轟《とどろ》く。床が波打つように揺れ、壁一面に無数のひび割れが走る。

「なにごとよ？」

あのすばらしかった大無礼講から三か月。あたしは国王の執務室にいた。時刻はお昼になるちょっと前くらいだろうか。

執務室といっても、たいそうなものではない。ごくふつうの家のリビングルーム（ちょっと広め）ってとこかしら。調度は少しきらびやかだけど、金銀満艦飾という感じではない。あたしの趣味でつくられているから、どっちかといえば、シックね。お・と・なの部屋。目立っているのは、天然木のデスクと椅子。その椅子に腰を置き、あたしはせっせと報告書に目を通していた。報告書って、粘土板だよ。その表面に、ひっかき傷みたいに文字が刻みこまれている。朝、朝食を食べてから執務室にくると、この粘土板が何十枚もデスクの上に積みあげられている。あたしは王として、それを昼までにすべて決裁しなくてはいけない。ったく、冗談じゃないわよ。あたしの属性は戦士よ。それも美貌の女戦士。それが部屋にこもって書類と格闘なんて、しゃれにもなんないわ。

で、いつものようにぶつぶつと文句を言いながら、粘土板と戦っていたら、大騒ぎがはじまった。

これはもう粘土板を放りだすしかない。

椅子を蹴倒し、剣を抜いて身構える。

「モンスターの襲撃よ！」

ユリがきた。シックなあたしの執務室が、とつぜんピンクを基調にしたパステルカラーに染まった。魔法少女のぶりっ子衣装が、あたしの世界を傍若無人に踏みにじる。

「またなの」

あたしは嬉々として前に進んだ。

ここ数日、やたらとモンスターが城内に入りこんでくる。城は魔法で防御されているが、そこはそれ、イベントの都合もあって、そこかしこに穴があいている。もちろん、飛行モンスターが空から侵入するというのはいまでも不可能だ。しかし、体長十メートル以上なんて超大型モンスターでない限り、防御の穴は簡単にくぐれる。ひょいとくぐれば、そこはもう城の中だ。ふざけたシステムだね。そんなの、うちらがこの城に攻めこんだときは存在していなかったぞ。だから、門番塔を攻略したりして、本当にたいへんだった。誰だよ、防御バリヤーにこんな穴をぼこぼこあけたのは。

でも、あたしはちょっぴりうれしい。

モンスターが襲撃してきたときは、国王から一戦士に戻ることができるからだ。

ユリと一緒に執務室の外にでた。

廊下を突っきり、ユリの先導で大広間へと向かう。

国民を招いてパーティなどをひらく部屋だ。住人たちとの親睦をはかるため、定期的なパーティを主催するのも、国王の立派な仕事である。

その大広間がぐちゃぐちゃになっていた。

壁が崩れ、床に破片が散乱している。天井にも亀裂がある。

中央に、モンスターがいた。

身長三メートルくらいのグロテスクな生物だ。たぶん、中身はロボットのはずだが、ここでは生物である。あたしもようやく馴染んだ。どんなに異形の化物でも、ちゃんと生き物として扱うことができるようになった。

「タランチュラである」

あたしの横に、ジンガラがきた。幼生体の姿なので、いまは三十センチ前後のミニドラゴンだ。小さな翼をぱたぱたと羽ばたかせて、空中にふわりと浮かんでいる。

「たしかに腕だか脚だかが八本あるわね」

ユリが言った。魔法バトンを手にして、モンスターを興味深そうに眺めている。

タランチュラ、体色はけっこう派手だ。黒、赤、黄色がうねうねと絡み合って、不気味な模様になっている。二足で立っているため、全体のシルエットはヒト型に近いが、見た目はぜんぜん人間じゃない。といって、蜘蛛って感じもしない。とにかくグロテスクだ。腕が六本で、首から上がなく、顔が胸にくっついているって言うと、雰囲気が伝わると思う。でもって、全身に短い剛毛が生えている。これがすごく気持ち悪い。

「ケイ」ユリが言った。

「さっさとぶった斬って」

あたしかよ！

「やる気満々でしょ」鋭い口調で、ユリはつづける。

「ずうっと書類決裁ばっかりで退屈極まっていたから」

「う……」

図星だ。見抜かれている。いつもはおにぶのユリなのに、こういうときだけは勘が冴えわたる。

「わあったわよ」

唇をとがらし、剣をかまえて、あたしはタランチュラと対峙した。表情とは裏腹に、気合入りまくりなのはいうまでもない。はっきり言って、こういうときのあたしは強いよ。天下無敵だよ。

「きしゃあああああ」

タランチュラがきしみ音のようなうなり声をあげた。すっごく耳障り。めちゃ不快。

いいわ。いますぐこの覇王の魔剣の錆《さび》にしてあげる。

あたしはダッシュした。気晴らしに、じっくり遊んでやろうかと思っていたが、やめた。一気に間合いを詰め、タランチュラに迫った。

タランチュラがくわっと口をひらいた。

赤黒い、すだれ状の口だ。

その口から。

無数の糸が尾を引いて、吐きだされた。

糸？

それって蜘蛛ならお尻の穴からだすんじゃないの？

まさか、口から糸を吐くなんて、あたしは予想していなかった。

粘着性の高い、細くて長い糸があたしのからだに絡みつく。

ぎょえー、気色悪い！

あたしは剣を振りまわした。糸が剣に貼りつく。ぜんぜん切れない。

そうこうするうちに、あたしの動きが鈍くなった。腕が重い。からだが重い。足が重い。

「アクタガワ崩し！」

ユリの声が響いた。むりやり首を横に曲げると、いつの間にかユリがくノ一カスミに変身している。ファンキーな女忍者だ。得意技は、怪しげな忍法である。

蜘蛛の糸が細かくちぎれ、飛び散った。

くノ一カスミには、蜘蛛の糸を自在に操る忍法アクタガワという技がある。アクタガワ崩しは、その応用技だ（たぶん）。タランチュラの蜘蛛の糸をくノ一カスミが横取りして、その繊維を粉砕した（たぶん）。

「みぎゃう」

場違いな咆哮が響いた。

黒い巨体が、広間の中に勢いよく躍りこむ。

身長三メートル余の戦士だ。刃渡り二メートルという大太刀をひっさげ、国王のもとへと馳せ参じた。

ムギ――じゃなかった。黒豹頭の戦士、アーシュラだ。

この時間、アーシュラは自分の部屋で昼寝している。実にもうよく寝る戦士である。だが、すわ襲撃となると、がばと跳ね起き、敵を追う。その動きは、半端でなく速い。

アーシュラがタランチュラめがけ、突っこんだ。

ショルダーアターーーーック！

桁《けた》違いのパワーを誇るアーシュラにどつかれては、タランチュラもこらえきれない。宙を舞い、背中から床に落ちて、ごろごろと転がった。

と同時に、あたしのからだが自由になった。蜘蛛の糸のいましめから解かれ、手も足も思いどおりに動く。

覇王の魔剣を、あたしは頭上に高く掲げた。

小癪《こしゃく》な蜘蛛野郎。

正義の一撃を浴びるがいい。

どぴゅっ。

仰向けに倒れて八本脚をばたつかせているタランチュラに白刃を振りおろす。

「ぎえええええええ」

すさまじい悲鳴が四方に響き渡った。

剣がタランチュラを両断する。

気持ちいい手応えが、あたしの腕にびんびんと伝わってくる。

タランチュラが光った。

白く光り、輪郭がぼやけた。

姿が消える。空間に溶けこんでいく。

あいかわらず仕掛けはわからないが、もう慣れた。そんなことはどうでもいい。これでモンスターはこの世界から消滅する。

生命の宝玉《コナン》がじゃらじゃらと出現した。

あらまあ。

こいつってば、けっこうレベルが高い。てえことは、あたしとユリの生命力もけっこうあがったはず。儲け、儲け。

「なまってるわね。ケイ」

ユリが言った。

「しょーがないでしょ」あたしは反論した。

「毎日、デスクワークばっかやらされてるのよ」

「国王だもん」

「すげえことになっているな」

太い声が、割って入った。

予想していなかった割りこみだ。

声には聞き覚えがある。

あたしとユリは一緒に首をめぐらした。声のしたほう、右手前方に視線を向けた。

広間に入る扉がひらき、そこにひとりの男が立っている。

テンガロンハットをかぶった、髭面のちょっとむさくるしい男だ。葉巻をくわえていて、左の目にアイパッチをつけている。

マイティ・ロック。

「あきれたぜ」

ロックは小さく肩をすくめた。それから、口の端を歪めて、にっと笑った。

3

「帰ってきたのね」

あたしの表情が一変した。口もとがほころぶのが、自分でもわかる。

「二週間ぶりである」ジンガラが言った。

「なんか、すごく久しぶりという感じだが」

「ほんと」ユリがうなずいた。

「二週間なんて、あっという間なのに」

ロックはリアルに戻っていた。

要するに、自分の家に帰っていたということだ。

いくら週あたりの労働時間が平均十二時間以下になった昨今とはいえ、けっしてゼロではない。人にもよるけど、それなりに仕事をする必要はある。あたしたちなんか、週に三十時間以上働いている。というか、こき使われている。人権侵害もいいところだ。

「とりあえず場所を移すべきである」

ジンガラがあたしの耳もとで囁いた。

そのとおりだ。ここは、これから修復作業に入る。落ち着いて話ができる状態ではない。

謁見の間へと移動した。

えらそうな名称だが、要するにリビングルームである。執務室と同じで、内装も一般の家とさして違わない。ソファとテーブルがあって窓が大きく、そこから見える景色がいい。

あたしとユリ、ジンガラ、ロック、ゴステロ兄弟、それになぜか戦士アーシュラというアルゴス国家指導部のフルメンバーが勢揃いした。ちなみに、実質的に国家運営にあたっているのはゴステロ兄弟である。山賊の元ボスだけあって、この手の経験値が高い。ふたりともけっこうこわもてなので、外交でも押しがきく。おまけにあたしたちへの忠誠心がめちゃくちゃ強い。

「ここにくると、ほっとするぜ」

お茶を飲みながら、ロックが言った。ソファに上体を預け、すっかりくつろいでいる。

「リフレッシュはできたのかしら?」

あたしが訊いた。

「逆だろ」ロックは首を横に振った。

「バーバリアン・エイジでリフレッシュして、あっちで本業に励むんだ」

「そっかあ」

あたしはぽりぽりと頭を掻いた。あたしの場合、もうここが本来の居場所のような気がしている。リアルの世界が虚構だ。三か月という月日はなかなかに恐ろしい。

「何か、みやげ話があるんじゃないかな」

ジンガラが言った。あたしの横、ソファの背もたれにちょこんととまって、探るようにロックを見る。

「ああ」ロックの表情から微笑が消えた。

「やばいネタがいくつかある」

「………」

「おまえたちがアルゴスの支配者となって、大陸の勢力図が大きく塗り替えられた」

「そうよ」あたしはうなずいた。

「三か月で、めちゃくちゃ変わったわ」

国とは名ばかり、小さな町程度の領土しか持っていなかったアルゴスが、その版図を大幅に広げた。

といっても、力だけで領土を拡大したわけではない。

三大大国の荘園みたいになっていた隣接地は戦争と呼ぶほどでもない小競合いでもぎとってきたけど、増えたほとんどの領土は、向こうから合併を申し入れてきたものばかりだ。

大国の脅威が追い風になったのである。

アルゴスに新王が誕生した。その王は伝説となっている覇王の魔剣を手に入れた。

そういった噂が、またたく間に大陸を駆け抜けていった。

この噂に、三大大国に呑みこまれかけていた小国の領主たちがいっせいに反応した。

生命力とコナンを奪われ、裸同然になって放りだされる前に、国を住民まるごと買ってくれないかという打診が殺到した。

合併というと聞こえはいいが、要するに国家の叩き売りである。

住民はぜんぜん気にしない。税金がわりの登録料は、どの国に属していても同じだ。統一料金になっている。国から与えられるサービスも、大差はない。このあたりがリアルとは大きく異なっている。だから、統治者は誰であっても、基本的にはどーでもいい。

相応のコナンを支払って、あたしたちは周辺国をどんどん買いまくった。

あと、向こうから戦争をいきなり仕掛けてくる国もちょっとだけあった。

三大大国の命を受けて小国が新生アルゴスの力を試そうとし、私兵を雇って奇襲をかけてきたりするのだ。

とーぜん、すべて返り討ちである。でもって、その領土を召しあげてしまう。謝っても、許してやんない。

アルゴスにはあたしがいる。ジンガラもいる。アーシュラもいる。ゴステロ兄弟もいる。あ、忘れてたけど、ユリもいた。ロックは……戦力ではない。かれはただの遊び人だ。ただし、情報収集能力はすごい。それに関してだけは、めちゃくちゃ役に立つ。

ドラゴンを手足のごとく操って大戦力をつぎつぎと撃破するあたしたちは、いつしか竜騎兵《ドラグーン》と呼ばれるようになった。

ドラグーンとは、大昔の兵士のことだ。甲冑を身につけ、銃を持って馬に乗っていた兵隊。それがドラグーンである。手にした銃が火を吐く竜の姿と重なり、それで、竜に騎乗しているわけでもないのに竜騎兵《ドラグーン》という名称になったらしい。

バーバリアン・エイジのドラグーンは、そのドラグーンではない。ここには本物の竜がいるからだ。

文字どおり竜を駆る戦士。それがバーバリアン・エイジのドラグーンだ。

でも、大陸全土でいまドラゴンを支配下に置いているのは、あたしたちだけである。ていうか、過去にもドラゴンを意のままに操っていた者なんて、ひとりもいなかったらしい。

バーバリアン・エイジにおいて最初で最後のドラグーン、それがあたしたちだ。

一目置かれるのは当然の話である。

そのドラグーンが、伝説の双子王子から統治を委ねられた国、アルゴス。

見る間に勢力を拡大していく。

大陸の地図が、この三か月でみごとに一変した。

しかし。

「認識に誤りがある」

あたしたちに向かい、ロックはかぶりを振った。

「どういう意味よ？」

あたしは睨《にら》むようにロックを見た。

「たしかに、アルゴスはでかくなった」ロックは言う。「だが、それどころではない激変が大陸全土で起きているのだ。おまえたちは、そのことにまだ気がついていない」

「激変？」

「こいつを知っているか？」

ロックが革ジャンの内ポケットから、何かを取りだした。

右のてのひらにそれを載せ、あたしたちに見せる。

ブローチだ。白銀の台座に、黄金色の宝玉がはめこまれている。けっこう大きい宝玉だ。直径五センチくらいある。

「ブローチでしょ」

あたしの横から、ユリが言った。

「こいつはジェムだ。ブローチ仕立てのジェム。そう呼ばれている」

ロックはブローチを親指と人差指ではさみ、あたしたちに向かってまっすぐ突きだした。

「コナンとは違うの？」

あたしが訊いた。コナンは赤い宝玉だ。バーバリアン・エイジでは、それが通貨代わりに用いられている。

「こいつは、こうやって使うんだ」

ロックはブローチを革ジャンのボタン穴につけた。つけてから、両手の指を組み合わせ、印を結んだ。

「バッシラゴントリアーレインジュバル」

怪しげな呪文を唱える。

でたらめじゃないの、その呪文。

いつもの調子で、あたしはそう突っこもうとした。

そのときだった。

とつぜん、ブローチが白く光った。

光が飛ぶ。弧を描き、丸い光の塊がロックの左脇へと飛ぶ。

床に落ちる直前。

ぴたりと止まった。

白い光の球体が、床から数センチのところでふわりと浮かんでいる。

光の輪郭が歪んだ。

歪んで、姿を変えていく。同時に少し大きくなった。

そして。

ふっと光が消えた。

そこに残っているのは。

一頭のサルだ。

全身が茶褐色の毛で覆われた身長百五十センチくらいの類人猿。

「なに、これ？」

ユリが訊いた。

「聖獣だ」

ロックが答えた。

「せいじゅう？　このサルが？　どーいうこと？」

あたしは床に立つ、なんの変哲もない、ごくふつうのサルを指差した。

「この聖獣同士を闘わせる試合が、大陸のあちこちで日常的におこなわれている」

「はあ？」

「やはり、知らなかったんだな」

ロックは小さく肩をすくめた。

「知らないわよ。そんなの」

「ボクも初耳である」

ジンガラが言った。

「聖獣闘戯」ロックは言を継いだ。

「これが、激変のひとつだ」

4

「聖獣闘戯は、ジェムと名付けられた黄金色の宝玉に封じこめられている動物や昆虫などを互いに闘わせるバトルシステムだ」ロックは言う。

「聖獣を操るのは、闘士と呼ばれる連中だ」

「それが、宝玉の持主なのね」

ユリが言った。

「そうだ」

ロックは小さくうなずいた。

「闘士と闘士による聖獣闘戯」あたしが言った。

「それ、いつからはじまったの?」

「むかしからだ」

「へっ?」

「有史以来つづいている伝統的な格闘儀式だ。そうなっている。きのうきょう、唐突にはじまったものではない」

「それ、嘘でしょ」

「嘘だが、事実だ」

「システムが書き換えられているんだな」ジンガラが言った。

「バーバリアン・エイジの設定そのものが、何ものかによって改変された。だから、最初からそういう闘いが、この大陸で繰り広げられてきたということになっている」

「鮮やかなハッキングだ」ロックは両手を左右にひらいた。

「誰が見ても、この変更はバーバリアン・エイジの管理者の手でおこなわれたと思う。だが、実際はそうじゃない。闇にひそむハッカーが、システムの根幹を勝手にいじった。そして世界そのものを大きく変えた」

「でも、どーして聖獣闘戯なの?」ユリが訊いた。

「そんなマネができるのなら、もっと根こそぎ変えちゃうでしょ。三大大国の大ボスが大陸の支配者になっちゃうとか」

「それは無理だ」ロックは首を横に振った。

「そこまでやったら、大騒ぎになる。参加者もおかしいと思う。当然、ドゥリットル・エンターテインメントもそれなりの対処をする。最悪、バーバリアン・エイジの閉鎖ってことも考えられる。それはまずい。ハッカーはそうなることを望んでいない」

「何を望んでいるのかしら」

「金儲けだ」

「…………」

「リアルではコナンが高値で取り引きされている。一コナンが十クレジットくらいかな。外で売って、内部で渡す。それと同じことができるアイテムとして、ハッカーはジェムという宝玉をつくりだした」

「そんな改変、ドゥリットル・エンターテインメントが取り消しちゃえばいいじゃない」

あたしが言った。

「それができれば、苦労はしない」

「あまりにも自然にシステムに組みこまれているからである」

「そのとおり」ジンガラの言をロックは認めた。「聖獣闘戯は、あっという間に大陸全土に広がった。いまや超人気イベントのひとつとなっている。きちんと理由を説明しない限り、やめることはできない。しかし……」

「理由は説明できないよねえ」あたしはため息をついた。

「まさか、システムがハッキングされてるだなんて」

「企業の信用ががた落ちになる。へたをすると株が大暴落だ」

「じゃあ、ドゥリットル・エンターテインメントは、何もしてないの？」

ロックに向かい、ユリが訊いた。

「ちょっとだけ、手を打った。とりあえず闘士属性というのが設けられている。これで、すべての参加者がジェムを持つことはできなくなった」

「誰にでも売りつけるわけにはいかないのね」

「確保したポイントにもよるが、闘士属性を獲得できる確率は十分の一くらいだ。管理者としてはもう少し絞りこみたかったと思うが、まあ、このあたりが限度だろう」

「うーん」

あたしはうなった。

予想外だった。完全に蚊帳《かや》の外にいた。事態は思っていたよりも切羽詰まっている。このままでは、まじにバーバリアン・エイジが裏組織に乗っ取られかねない。へたをすると大事件に発展し、ドゥリットル・エンターテインメントがここを閉鎖してしまうかもしれない。それはいやだ。困る。あたしはまだ、この世界を堪能しきっていない。

「でも、なぜいまハッカーはシステム改竄《かいざん》なんて危険なマネをはじめたのかしら」ユリが小首をかしげた。

「そういうのって明らかに犯罪でしょ。ドゥリットル・エンターテインメントが意を決して現況を公開したら、目論見が根底から崩壊しちゃう。金儲けなんて、夢のまた夢よ」

「ある意味、ドゥリットル・エンターテインメントもこの介入を黙認している可能性があるのである」

ジンガラが言った。

「なんで？」

あたしは目を丸く見ひらいて、リトルドラゴンを見た。

「コナンやジェムがリアルで取り引きされると、客が増えるのである」

なるほど。たしかに、そうだ。入手したアイテムは、その世界に行って使わないと意味がない。リアルでは明らかに無価値だ。

「だから、ドゥリットル・エンターテインメントは、ハッカーの存在を公表したりはしない。こまめに対応策を繰りだし、その場しのぎ的な方法で被害の拡大を防いでいくのである」

「けど、それだけの改変ができちゃうってことは、もうこの世界のシステムがハッカーによって完全に乗っ取られてしまったってことじゃない」

あたしが言った。理屈で言うと、そーなるはずだ。

「事の深刻さを経営側がはっきりと認識しているかどうかについては、いろいろと疑わしいのである」ジンガラは重々しくあごを引いた。

「中にいる者、その管理をしている者は、往々にして事態の全体像を見逃しやすい。システムを常時監視している者ほど、その状況に陥ってしまう。これはその典型的な例であるな」

「ロックは、どうやって、そのジェムを手に入れたの？　でもって、ギャンブラーなのに、どうして闘士属性を獲得できたの？」

「もちろん、ギャンブルでもぎとった」ロックはジェムのブローチを革ジャンから外し、てのひらの上で転がした。

「そのとき、俺はめちゃくちゃツキまくっていて、生命力が過去にないほど高くなっていた。そういうキャラがジェムを手にしたら、自然に闘士属性が宿る。ドゥリットル・エンターテインメントの対応策のおかげだな。制限が設けられた場合、その制限をクリヤーした者がジェムを持ったら、自動的に属性もついてくる。教わった印を結び、呪文を唱えたら、こいつがひょこっとでてきた」

　ロックは床に立つサルにちらりと視線を向けた。

「たぶん、おまえたちにもあるぜ。闘士属性」

　視線をサルから、あたしとユリに戻す。

「金儲け以外の狙いは何かしら？」あたしは腕を組んだ。

「システムをこそこそいじってまではじめた聖獣闘戯。もっと複雑な動機がひそんでるような気がする」

「これは想像であるが」ジンガラが言った。

「やつらはおまえたちふたりを恐れている」

「…………」

　あたしとユリは互いに顔を見合わせた。

　そりゃ、恐れているわよ。あたしたち、無敵のドラグーンだもん。

「勘違いはだめなのである」ジンガラが言葉をつづけた。

「恐れているのは、おまえたちがドラグーンだからではない」

「じゃあ、あによ？」

　あたしは訊いた。

「やつらは気づいたのだ。おまえたちの力がシステムによって保護されていることに」

「ちょっと待ってくれ」ロックが腰を浮かし、ジンガラの言を制した。

「おまえはいま、とんでもないことを言っているぞ」

「これは、単なる事実である」ジンガラは平然と応じた。

「戦士ケイと魔法少女ユリは、この世界に選ばれた特別なゲストなのだ。なぜふたりが選ばれたのか、その理由はどうでもいい。結果として、特別な存在となった。ゆえに、ボクを支配することができた。ゆえにバーバリアン・エイジにおいて、最初で最後のドラグーンとなった。覇王の魔剣を受け継ぎ、短時日で一国の王となった。そのことをやつらは知ったのである」

「やつらって、誰？」

ボケ女《ユリ》が問う。

「ハッカーどもよ」

あたしが答えた。そんなの、ルーシファよなんて言えないでしょ。ここにはロックもゴステロ兄弟もいるんだから。

「システムに贔屓《ひいき》されているのなら、システムそのものに細工をして対抗するしかない。やつらはそう考えたのである」

「システムに細工すると、なんかいいことがあるの？」

馬鹿女《ユリ》は、さらに質問を重ねた。

「正々堂々、システムの定めたルールの中で邪魔者を始末できる」

「うまく考えやがった」ロックが腕を組んだ。

「ドラグーンの生命力は半端じゃねえ。だが、聖獣闘戯を利用すれば、その生命力を根こそぎ奪うことも可能だ」

「どーして？」

「ドラゴンを聖獣から外しておけば、聖獣闘戯にドラゴンが加わることはない。ドラゴン抜きのドラグーンなら、なんとかなるって踏んだんだろう」

「むりやりジンガラを使ったら？」

今度はあたしが訊いた。

「反則とみなされる。場合によっては、厳しいペナルティもありだ。違反者としてバーバリアン・エイジから永久追放なんてこともありうる」

「げっ」

あたしの表情がひきつった。それは最悪だ。こっから追いだされたら、当然、任務不履行になる。WWWA、絶対にあたしたちを馘首《くび》にする。

「ボクを合法的に締めだしたのか」低い声で、ジンガラが言った。

「なかなかやるのである」

瞳が強く炯《ひか》った。

5

「ところでさあ」あたしはロックに向き直った。「ほんとーに聖獣闘戯ってあちこちでおこなわれているの？」

「おこなわれている」

ロックは即答した。

「でも、あたしは一度も見たことないわよ。というか、聞いたことすらないわ」

「国王陛下の言われるとおりだ」

それまで一言も口をきかず、あたしたちのやりとりをじっと見守っていたゴステロ兄弟の兄、ジル・ゴステロが言った。線の細い、やさ男である。

「自分も初耳です」

弟のヤン・ゴステロも言葉を発した。兄と違い、こちらは顔もからだもいかつくてでかい。身長は二メートルを超える。しかし、声は少し甲高くて、やさしい。

「意図的に、この近辺を聖獣闘戯の舞台から外したんだろう」肩をすくめ、ロックは答えた。

「最大の敵に悟られぬようシステムの改変をすませてしまう。そういう作戦で仕掛けてきた。向こうも、いろいろと工夫している」

「やることがせこいわ」

ユリが唇をとがらせ、頬を丸くふくらませた。

「せこかろうがなんだろうが、策は的中だ」ロックは言を継いだ。

「聖獣闘戯の人気は半端じゃない。戦闘好きの連中は、闘士属性を獲得したくてみんな血まなこになっている。すでに、凄腕の闘士もあちこちで出現した」

「たとえば？」

あたしが訊いた。凄腕なんて言われると、心がざわつく。いきなり対抗心が頭をもたげる。

「とくに有名なのが、三兄弟だな」あごに手をあて、ロックは言った。

「その名のとおり、兄弟三人のチームだ。恐ろしく強くて、恐ろしく狂暴だと言われている」

「こっちの二兄弟も強いわよ」

あたしはゴステロ兄弟を指差した。

「しかし、闘士属性はない」

「そんなの、すぐにもぎとるわ」

あたしはロックを睨み、言った。

「申し上げます」

謁見の間に、兵士がひとり、ばたばたと駆けこんできた。ヌッテラ。王室親衛隊の隊長である。

「なにごとだ？」

ヤン・ゴステロが首をめぐらし、応じた。親衛隊はゴステロ兄弟の指揮下にある。

「急報が入りました」足を止め、直立不動の姿勢をとって、ヌッテラが言った。

「ヒルカニア、コリンシア、ブリサニアの三大大国の国王が、そろって退位を表明したそうです」

「なんですって？」

あたしとユリの声が、みごとに重なった。

「退位って、何がどーなってるの？」

とりあえず、ユリが口をひらいた。あたしと違い、さすがはお気楽能天気が売りだけのことはある。これほどの大ニュースを耳にしても、絶句して棒立ちにはならない。

「三国とも、国家管理を大神官に委譲しました。三国は合併してひとつの国となり、以降は神聖アキロニア帝国と称するようです」

「大神官？」

「神聖アキロニア帝国？」

あたしとユリは互いに顔を見合わせた。

まだ、何がなんだかさっぱりわからない。一言一言、言葉の末尾に疑問符がつく。

「大神官ってことは」あたしはロックに視線を戻した。

「どっかに宗教組織があるってことよね？」

「あ、ああ」固い表情で、ロックはうなずいた。

「宗教は、この世界の重要なアイテムのひとつになっている。おまえたちも世話になっただろ。司祭の館とか、聖都の祭とか」

「はい、はい、はい」ユリが手を挙げた。

「覚えてます。思いっきりお世話になりました」

「いわゆる原始宗教というやつだ。特定の信者というのはいない。アニミズムの一種で、あえていうのなら、バーバリアン・エイジの住人すべてが信者だ。神に仕える司祭や尼僧に敬意を払い、その力を認め、恩恵にあずかる。かれらが仕える神が何ものであるのかを問わない」

「本当だ」あたしが言った。

「意識したことなかったけど、たしかにそういう宗教が存在している」

「大神官の神ってのは、その神とは別物じゃないかな？」

ロックはあらためてヌッテラに問うた。

「報告書に記してありました」ヌッテラが答えた。

「絶対神ジャマールを崇《あが》める教団が生まれたと。大神官はジャマール教団の最高幹部です」

「絶対神ジャマール」

あたしは小さくつぶやいた。

「知ってるのか？」

ロックが訊いた。

「ぜんぜん」

あたしは首を横に振った。

「だろうな」

ロックはがっくりと肩を落とした。

「そういうロックこそ知ってんじゃないの？」

あたしは問いを返した。

「いやあ」ロックもかぶりを振った。

「さすがに宗教は盲点だった。まったく探っていない。してやられたという感じだ」

「報告は、もうひとつあります」

ヌッテラが言葉をつづけた。

「どんどん聞かせて」あたしは言った。

「もう、ちょっとやそっとじゃ驚かないわよ」

「空を飛ぶ石船が出現しているそうです」

「空を」

「飛ぶ」

「石船」

あたしの頰がひきつった。

ユリのまぬけな表情が、もっとまぬけになった。

ロックのアイパッチが痙攣《けいれん》するように上下した。

「どっひゃあ！」

一拍間を置いて、三人がいっせいに声をあげた。

驚いたよ。

ちょっとやそっとじゃないよ。

「そんなの、反則でしょ」ユリが言った。

「それとも、それって魔法で飛ぶの？」

「石船は石そのものに浮遊能力があると言われてます」

「言われてますってことは、伝聞？」

あたしが訊いた。

「みたいです」

ヌッテラ、ちょっと頼りない。まあ、報告書を読んで答えているのだから、しょーがないといえば、しょーがないのだが。

「石船は大神官が独占しています」ヌッテラは言を継ぐ。

「他の誰も所有はかないません。移動速度はいまひとつですが、移動距離の制限は皆無です。いつまでも飛んでいられます」

「完璧だな」ロックが肩をすくめて言った。

「こいつは間違いなく、アルゴス対策だ。というか、ドラグーン対策だ。聖獣闘戯の上に、さらにだめ押ししてきやがった」

「あたしたちをつぶすためだけにシステムをごっそりといじり倒したのね」

「やってくれるのである」

他人事のようにジンガラが言った。

「ハワードは、なにしてるのよ？」あたしはジンガラの耳もとで小さく囁いた。

「こんなにやられ放題で、システム管理者がつとまるの？」

「ボクにはわからないのである」

「役立たず！」

「何をぶつぶつ言ってるんだ？」

ロックが訊いた。

「野暮な話よ」

「移動距離に制限がないってのは、四百キロ以上を一気に飛べるってことでしょ」

ユリが言った。

「そうです」

ヌッテラが固い表情であごを引いた。

「あの制限が課せられるのは、人力や動物に乗っての移動だけだ」ロックが言った。

「その条件の穴を巧みについたんだな。ドゥリットル・エンターテインメントも、まさかシステムに細工してまでこの穴を破ってくるやつがいるとは思っていなかった」

「聖獣闘戯からジンガラを外し、しかも、自由自在にどこにでも移動することができるようになり、おまけに敵の大ボスは巨大帝国の支配者で、絶対神の代理人になっている」あたしはなげやりに言った。

「この状況で、こっちは何をどーすればいいのよ」

「まずは、とにかく情報収集だ」ロックが、あたしをまっすぐに見た。

「この何がなんだかさっぱりわからない状態をなんとかして打破する。大神官だか、神聖アキロニア帝国だかを相手に行動するのは、それからだ」

「向こうからなんか仕掛けてくれれば、楽なのに」

あたしが言った。

言ったときだった。

「申し上げます！」

大声を張りあげて、べつの兵士が謁見の間に飛びこんできた。

今度はなに？

「石船があらわれました」

はあ？

あたしはぽかんと口をあけた。

「王宮の上空を旋回中です」

はあ？

大きくひらいた口がふさがらない。

「仕掛けてきちゃったわ」

ユリが言った。

能天気極まりない口調だった。

6

　城のバルコニーに向かった。王宮に面した大バルコニーで、いつもはここで集まった国民たちに向かい、演説をしている。まあ、どっちかというと、定例の顔見世興行って感じだけど。

　廊下を抜け、無駄にでかい扉を左右にひらく。

　バルコニーにでた。

　すぐに頭上を振り仰ぐ。

「！」

　石船がいた。

　予想外に大きい。

　蒼空を黒い影が横切っていく。全長は軽く百メートル以上だ。高度は二、三百メートルくらいだろうか。かなり低い。城の真上をゆっくりと旋回している。もちろん、ここは魔法結界の中だ。飛行系のモンスターはまったく入りこめない。でも、石船はモンスターではないので、平然と飛んでいると。

石船から何かが飛びだした。

生き物ではない。細長い棒のようなものだ。小窓がひらき、そこから放りだされた。

落ちてくる。バルコニーに向かって。

もしや、爆弾？

棒が空中でふたつに割れた。

すわ爆発かと思ったが、そうではない。

パラシュートがひらいた。

落下速度が遅くなり、ふたつに割れた棒が、ふわふわと降りてくる。風はほとんど吹いていない。めちゃうまい投下だ。バルコニーを狙って落としたのなら、どんぴしゃである。あたしたちに向かって、まっすぐに落下してくる。

すうっとヤン・ゴステロが前にでた。おっきいほうのゴステロだ。十歩くらいで、落下傘の真下に到達した。腕を伸ばす。

落下傘のひもをつかんだ。しっかりと握った。

きびすを返す。

あたしの脇に戻った。

「どうぞ」

落下傘をあたしの眼前に差しだした。

直径七センチ、長さ二十センチくらいの棒というか筒が二本、落下傘のひもにぶらさがっている。

あたしは二本の筒をひもから外し、手に把った。バーバリアン・エイジの設定に合わせたのだろう。木製である。こういうところへの細かい気配りは、本当にすごいね。いつも感心する。

筒のひとつはパラシュートが入っていたらしく、すでに蓋がひらいていて、中はからっぽだった。

もうひとつの筒の蓋をあけた。

薄い動物の革がでてきた。羊皮紙の親戚かな。さすがに、この中に石版は納められない。

革の表面に文字が記されていた。あたしは、それを読んだ。

「大神官の命により、この書簡をアルゴス国王に示す。神聖アキロニア帝国に従え。アルゴスの領地を帝国に差しだし、国王は退位せよ」

読み終えた。

「つづきは？」

ユリが訊いた。

「これだけ」

あたしは答えた。答えて、皮紙をユリに渡した。

「あら、本当」ユリは唇をとがらせた。

「短いわよ」

文句を言う。

こらこら。突っこみどころは、そこじゃないぞ。

「最初の接触だが、中身は最後通牒ってとこかな」ロックが言った。

「えらく、せわしない」

「で、どうやって返事するのよ」

あたしが言った。

「なんて答えるの？」

興味津々といった表情で、ユリがあたしを見る。

「回答はひとつしかないわ」

「大声で呼んでみろよ」ロックが石船を指差した。

「聞こえるかもしれないぜ」

「そうね」あたしは視線を石船に向けた。

「やってみる」

両手でメガホンをつくり、あたしは天空に向かって大声を張りあげた。

「降りてこぉぉぉぉぉぉい！」

「まいったな」ロックは肩をすくめた。「本当に呼びやがった」

「だめもとよ」

あたしはにっと笑う。

しかし。

だめもとではなかった。どうやらあたしの声、向こうに聞こえたらしい。

石船が反応した。

石船が降りてきた。

一気に高度を下げる。動きは、すごくなめらかだ。ありえないと思うけど、重力制御でもしているんだろうか。すうっと、まっすぐに、まるでエレベータのように降りてくる。

あっという間にバルコニーの真正面へと到達した。

そこでぴたりと停まる。これまた、みごとな停止だ。神秘的といえば神秘的な動きだけど、ちょっとこれはやりすぎじゃないの。最新テクノロジーの匂いがやたらと漂っているよ。

石船は、バルコニーに横づけ状態になった。

ハッチがひらく。これは、わりとふつうにひらいた。矩形の扉が、上方に大きく跳ねあがる。

タラップがせりだしてきた。

その先端が、バルコニーの端にひっかかった。

石船とバルコニーがぼっちりとつながった。

石船の中から、誰かがでてくる。

あたしは瞳を凝らした。まばたきもせず、ひらいたハッチを凝視する。

黄色い、マントのようなものが見えた。

裾が風でひるがえる。マントではなく、ローブだ。

全身があらわれた。

「あっ」

思わず、あたしは声をあげた。

石船からでてきたのは。

少年だった。

若い。たぶん、十六、七歳。あたしも若いけど、間違いなくこの子はふたつくらい年下だ。

でもって、とんでもなく美しい。

そう。

これはすこぶるつきの美少年だ。

頭がくらくらしてくる。

本物なの？　つくりものじゃないの？

と、尋ねてしまいそうになるくらい徹底的に美しい。

美少年が、こちらに近づいてくる。一歩一歩足を運び、あたしのもとへと向かってくる。

タラップを渡りきった。

ひらりと跳んで、ベランダの上に舞い降りる。その姿は、まるで天使。背中に翼をつけてあげたいくらい。うう、じゅるじゅる。

「ケイ、よだれ」

ユリが言った。あたしはあわてて手の甲で口もとを拭った。

美少年が、ゆっくりとあたしの前に歩み寄ってくる。バーバリアン・エイジは十五歳以下の子供の参加を禁止しているが、十六歳なら問題はない。親の許可を得ているのなら、これはセーフである。

二メートルほどの距離を置いて、美少年が足を止めた。あたしに向かって、にっこりと微笑む。ああん、もうたまんない。とろけるような微笑って、絶対にこれよ。

「ケイ、よだれ」

ユリが言った。

うっさいわね。わあってるわよ。もうほっといて。

「お初にお目にかかります」美少年が口をひらき、優美なしぐさで一礼した。

「わたくし、大神官ガッラ・パブティマ様に仕える、小姓のバリー・キュナートと申します」

キュナート。名前もかわいい。

「そちらのうるわしき御方が、アルゴスの国王にして勇猛果敢な戦士、ケイ様とお見受けしましたが、間違いないでしょうか？」

キュナートは、まっすぐにあたしを見た。

ええ、そうよ。あたしがケイよ。国王よ。ちょっとハグしていいかしら？

キュナートの名乗りに応じ、あたしはそう言おうとした。が、言えなかった。

「待たれい」

あたしをぐいと押しのけ、ジル・ゴステロが前にでた。あんた、国王になにすんのよ。

「大神官の小姓とやらは、礼儀を持ち合わせていないようだ」ゴステロ兄は、低い声で鋭く言った。

「石船で前ぶれもなく王国の領地を侵犯し、王城の上空へと勝手に飛来した。その非礼、許しがたい。そのような者が国王に直接声をかけるなど、論外である」

「あなたは？」

キュナートが視線をゴステロ兄に移した。

「アルゴス王家直属親衛隊大将軍、ジル・ゴステロ」

「なるほど」キュナートは小さくうなずいた。

「アルゴスは形式的な手続きを重んじられる国のようだ」

いや、違うわよ。いつもはそうじゃないのよ。ふつうはとってもきさくに国王とお話できるフランクな気風の国なのよ。

あたしははっきりきっぱり言いたかった。でも、それをまわりの空気が阻止した。

ここで軽々しく国王が小姓なんぞに応対したら、舐められる。国王はでんとかまえていろ。口をきくな。すべてを家来にまかせろ。

声なき声が言う。その場の空気が、あたしをぎりぎりと縛る。

「では、あらためて大将軍にお尋ねしよう」一拍置き、キュナートは静かに言った。

「いましがたお渡しした大神官ガッラ・パブティィマ猊下《げいか》よりの親書に対する返答やいかに？　すみやかにお答え願いたい」

そしてキュナートは、また薄く微笑んだ。

「これで、よろしいかな」

7

「冗談じゃないわ！」

　ユリが言った。

え？　なんでユリなの？　そういう啖呵《たんか》を切るのは、国王の役目じゃないの？

「そんなくだらない要求、アルゴスの筆頭魔導士である、このあたしが認めない」

　きんきんとユリが叫んだ。誰だよ、筆頭魔導士って。そんな役職、アルゴスにはないぞ。あんた、国王の側近だけど、ただの魔法少女でしょ。いつから、魔導士になったのよ。

「断ると言われるのですね」

　キュナートが言った。違う。あたしは、まだ拒否していない。したのは、ユリ。国王でもなんでもない、ただのボンクラ側近である。

「とーぜんよ！」ユリは胸を張った。

「アルゴスがほかの国みたく、わけわかんない帝国だかなんだかにしっぽを振ると思ったら、大間違い。顔を洗って、出直しておいで」

「わかりました」

キュナートのすずやかな目もとが、ひくひくとひきつった。ちょっと待って、何ひとりでわかってんのよ。国王はまだ一言も口をきいていない。その意志をまったく示していない。

「そういうことでしたら、ここはひとまず引きさがりましょう。しかし、この国には、すぐに天罰が下ります。そうなってから後悔されても間に合いません。それで、よろしいのですね？」

「いいわ！」

あたしが言った。言ってから、あっと思った。ユリに釣られた。釣られて、美少年相手にびしっと言い返してしまった。うう、もう少しソフトに、やんわりとお答えするつもりだったのに、ユリより早く何か言わなきゃと思い、心にもないことが言葉となって飛びだした。

でもって、いったん言葉が口からでてしまうと、もうその勢いを止めることはできない。どんどん舌鋒《ぜっぽう》が鋭くなる。ほとんど暴走状態になっていく。

「神罰なんて怖くない」あたしは身を乗りだし、びしばしと言った。

「やれるもんなら、やってみな。坊やの戯言《ざれごと》、証明できるの？　できたら、えらいわ。ここは伝説のドラグーンが支配するアルゴスよ。電撃が降ろうが、磁気嵐が吹こうが、陥《お》ちないわ。難攻不落の聖なる国家よ。万が一にも陥ちたら、あたしは国王をやめてやる。やめて、一介の素浪人になってやる。それくらいの覚悟は、いつだってできている！」

はあはあ、ぜいぜい。

あたしは肩で息をした。ああ、とんでもないことを口走っちゃったような気がする。けど、もう手遅れ。覆水は盆に返らない。美少年も、あたしの胸には帰ってこない。

「国王陛下の立派なご決意、たしかにうけたまわりました」キュナートが固い声で言った。

「まことにもって、残念至極です」

一礼し、キュナートはすうっとうしろに下がった。

ふわりとからだが浮く。

タラップに乗った。なんかこう前衛舞踊でも見ているかのような挙措である。すごく芝居じみているけど、それがぜんぜん不自然じゃない。まだ見ぬ大神官ってやつ、わりとやるわね。自分の権威を高められるよう、家来の身のこなしにまで気を配って演出をしている。

キュナートが石船の船内に戻り、タラップが格納されてハッチが閉まった。

ベランダから、石船が離れる。

と。ゆっくりと離れ、上昇を開始する。

いきなり急上昇に移った。

擬音にすると「どぴゅーん」って感じ。すさまじい勢いで高度をあげる。あんなのに乗っていたら、身長が縮むよ。というか、立ってられなくて、床に寝っ転がっちゃうんじゃないの。

あっという間に石船の輪郭がなくなる。なくなって、ただの黒い点になる。

あたしの心の中は、ちょっと複雑。

やれやれ帰ってくれたという思いと、もうちょっと親しく、キュナートとふたりっきりでお話したかったという思いが渦巻くように錯綜している。

「先手、打たれちゃったわね」

ユリが言った。

「ええ」

あたしはうなずいた。うなずいて、いま一度、石船を見送ろうとした。

そのときだった。

空の一角で光が散った。

石船が飛び去っていった、まさにその位置である。

白い光がいくつも、青空の中に生じた。

石船の爆発？

一瞬、そう思った。でも、違った。そういう光ではない。もっとささやかで、細かい光だ。またたくように光り、消えた。

そして。

何かが降ってきた。

かすかな点。すごく小さい何かだ。瞳を凝らさないと、ほとんど見えない。でも、数は多い。たぶん、十個以上。

「！」

石船が、何かを放出した。

またメッセージかしら？　それにしては多すぎる。

などと考えていたあたしは、とっても甘ちゃんだった。

ばらばらばらばら。

それの姿がはっきりと見えるようになった。

団体で降ってくる。十個以上どころか、五十個くらいはある。それが大きく広がり、なだれるようにあたしたちの頭上へと落ちてきた。

おとなの頭くらいのサイズの球体だ。

最初のひとつが、城の尖塔にぶつかった。

つぎの瞬間。

炎が噴出した。

オレンジ色の炎だ。丸く膨れあがり、火球となった。

どおおおおおおん。

耳をつんざく轟音と、熱い爆風があたしの全身を打った。

どおん。どおん。どおん。

轟音が連続する。四方八方から熱風が襲いかかってくる。

これって。

「油脂弾だ！」

ロックが叫ぶように言った。

油脂弾？

もしかして、ナパーム？　そんなの、この世界であり？

「バーバリアン・エイジには固形燃料が存在している」ロックはつづけた。「火炎樹からとれる油を固めたものというふれこみで、コナンさえあれば買うことができる。おまえたちも使ったことがあるだろ」

「あるわ」

　ユリが言った。あたしもある。野宿したとき、食料の煮炊きなんかに使った。でも、あんなものにこんな爆発的威力はないでしょ。

「あいつを集めて圧縮し、それを粘土で包んで乾かしたのが油脂弾だ。粘土には油と燧《ひうち》石《いし》の粉がまぜてあり、衝撃を与えると燃えあがる。そして、爆発的に発火する」

「マジ？」

　あたしの眉がぴくぴくと上下した。

「マジだ」

　ロックはにこりともしない。

　城全体が炎に包まれた。油脂弾はさらにつづけて降ってくる。落としているのは、キュナートの石船だ。間違いない。バルコニーにまだ直撃がないのは、単なる偶然である。おかげで、あたしたちは自分たちの居城が焼かれるのを茫然と眺めていられる。

「陛下」ゴステロ兄が、あたしの横にきた。

「ここは危険です。場所を移してください」

　移すって、それは城を捨てろって意味？

　ひゅるるるるる。

　甲高い音が響いた。笛の音に似た音だ。

　閃光が燦《きらめ》いた。

爆発音が空気を震わせる。衝撃波が、あたしを強く打つ。

直撃した。油脂弾がベランダを。それも二発同時に。偶然や幸運は長くつづかない。

「あぶないっ！」

黒い影が、あたしの視界を覆った。誰かが、あたしの正面にきた。

つぎの瞬間。

紅蓮の炎がベランダを吹きぬけた。

「ぐわっ」

悲鳴があがった。

この声は。

ゴステロ弟。

ヤン・ゴステロが、油脂弾の火炎を浴びた。

あたしに向かって走ってきた炎だ。ゴステロ弟はあたしをかばうため、その炎の前に立った。

「うあああああ」

ゴステロ弟が悶絶する。炎はもちろん擬似炎だ。本物ではない——と思う。だから、これで肉体が焼けることはない。ショックとしてのダメージはあるが、怪我したり、死んだりすることもない。

でも。

赤い炎の中でのたうちまわるゴステロ弟の姿は、あまりにもリアルだ。どう見ても、本当に焼かれている。

「いけません」ゴステロ弟を助けようとし、反射的に腕を伸ばしたあたしの肩を、ゴステロ兄が背後から押さえた。

「国王陛下の生命力がゼロになります」

生命力がゼロ。

それは、この世界では死んだも同然である。

ゼロになったら、もう自力で生命力を戻すことはできない。システムによって自動的にダチカンへと強制送還される。ダチカンは、中立国ハイボリアの聖都だ。バーバリアン・エイジ参加者の出発点である。生命力がゼロになった者は、ここに送り返されて強力な魔導士に復活の儀式を施してもらい、人生をリセットすることで、ようやく生命力の溜め直しが可能になる。

「サンパラピピリオクタットラ」

ユリがおかしな呪文を唱え、魔法バトンを振った。

炎が消えた。

と同時に。

ゴステロ弟も消えた。

強制送還。ヤン・ゴステロはダチカンに戻った。

8

「何が神罰よ」怒りの声で、ユリが言った。

「こんなの、ただの放火魔じゃない」

おお。

そのとおりである。ユリにしては珍しく、正鵠《せいこく》を射ている。

ひゅるるる。どかん。

ひゅるるる。どかん。

狙いが正確になったらしく、つぎつぎと油脂弾がベランダのそこかしこに命中しはじめた。

大火災になった。

まわりじゅう、炎だらけである。熱くないけど、熱い。というか、ちゃんと擬似温度上昇もおこなわれているから、それなりに熱い。気温が五十度くらいになっている。したがって、表現としては「暑い」が正しい。昼間の砂漠に放りだされたという感じだ。

「ふざけやがってである」

あたしの右手、ちょっと上空にジンガラが浮いていた。天を仰ぎ、しきりに罵声を飛ばしている。火竜だから、そのたびに、口からかわいい炎が噴出する。

「ユリ、ケイ」首をめぐらし、ミニドラゴンはあたしたちを見た。

「ちょっと上に行ってくる。でもって、石船を退治してくるのである。結界をでたところで、ボクをもとのサイズに戻してくれ」

それ、本気？

あたしは訊こうとした。が、訊けなかった。言うだけ言って、ジンガラはさっさと上昇を開始した。

しかし。

その上昇は十メートルとつづかなかった。

ふわあっとジンガラが舞いあがったまさにその位置へ。

油脂弾が落ちてきた。

パワー全開で上昇しはじめていたジンガラは、その油脂弾をよけきれなかった。カウンターで頭から油脂弾に激突した。

「あっ」

と叫んだその刹那。

火球が広がった。

爆発音が轟く。

ジンガラの全身が、オレンジ色の炎に包まれた。

「ジンガラ！」

あたしとユリが同時に叫んだ。

火竜が油脂弾の火に灼かれる。しゃれにならない。でも、これはありうる。この手の炎は、対象生物の属性に関係なくダメージを与えるのだ。ダメージを与え、容赦なく生命力を奪う。火を吹く能力があっても、自分が炎攻撃に強いとは限らない。

「うぎゃあああああ！」

ジンガラの悲鳴が甲高く響いた。空中でのたうちまわっている。失速し、みるみる高度が落ちた。

助けなくっちゃ。

あたしが動いた。ユリも反応した。

ジンガラが落ちてくる。その落下地点めざし、ふたり一緒にダッシュする。目はジンガラに釘づけだ。互いに相手のことを見ていない。

どしゃっ。

あたしとユリがぶつかった。重なり合い、倒れた。あたしの上にユリが乗る。ぐえ。重い。

そう思ったとき。

あれがはじまった。

視界が暗くなる。動悸が激しくなり、意識がいきなりかすむ。ときどき強い光が弾ける。からだの奥が熱い。病気で発熱したという感じだ。でも、これは病気ではない。

超能力だ。

あたしとユリの超能力である。

あたしたちは、ふたりでひとりのエスパーだ。WWWAは、超能力者を優先的にスカウトする。

大学生のとき、あたしたちの能力は忽然とあらわれた。クレアボワイヤンス。いわゆる千里眼だ。

あたしたちの能力は、すごくささやかだった。千里眼というのは言いすぎで、せいぜい一里眼程度である。トランス状態に陥ったとき、何かが見える。何かというのは、そのときあたしたちが関わっている事件や出来事のヒント。……のさらに断片だ。ほんのちょびっとね。いやもう、実にわかりにくい映像である。それがふうっとあたしたちの意識の中に浮かぶ。浮かんで、勝手に消える。ナレーションくらいつけろよと思ったりするが、そんなものは絶対につかない。

映像がブラックアウトして消えたあと、意識の表層に白い光の渦がどどどっと押し寄せてくる。

いま、その光がきた。

これで終わりだ。

色彩が戻る。

視界も復活する。

あたしの眼前に、ユリのお尻があった。どうやら、あたしの頭が魔法少女のミニスカートの中にもぐりこんでしまったらしい。水玉模様のぱんつが、あたしの顔をぐしゃっと圧迫している。やだよ。こんなの見たくない。

「てててて」

ユリが動いた。あたしは両手で、押しだすようにユリをどかした。上体を起こす。ユリも体をひねって起きあがる。

あたしとユリが向かい合った。

「見たでしょ?」

ユリが訊く。

「水玉模様?」

「違う。ぱんつじゃない」ユリはかぶりを振った。

「あれよ。あれ。いまの映像」

「見たわ」あたしはうなずいた。

「細部まで、くっきりと覚えている」

あたしは視線を頭上に移した。そこに、ジンガラがいる。油脂弾の炎に灼かれ、七転八倒しているミニドラゴンの姿がある。

ジンガラは死なない。

もともと生命力をほとんど持っていないからだ。

巨竜のジンガラは、あたしとユリに敗れ、その生命力のあらかたをあたしとユリに分け与えた。そして、それがため、あのようなミニドラゴンになった。

なくしたポイントをあたしとユリに戻してもらうと、ジンガラはもとの巨竜として甦る。

ミニドラゴンであるジンガラは、炎に灼かれても、生命力に影響がでない。ただ肉体的に一種のリセットがかかるだけだ。

システム設計の穴。これは、そう言ってもいい。そもそも生命力ゼロで、あれこれ活動できるキャラなど存在しないはずだったのだ。しかし、ドラゴンが人間に従うという状況をもたらす必要が生じ、例外的処置がとられた。それが、この穴だ。

その穴を利用して、誰かがすかさず手を打った。誰かってのは、たぶんハワードだ。ハッキングされ、システムを改変されたのなら、システムをいじり返して対抗する。丁々発止のやりとりだね。そんなマネができるのは、ハワードだけである。

ユリとあたしが立ちあがった。

この機会を逃してはいけない。すべての手順は、クレアボワイヤンスの映像で見た。

ユリが首にかけていたペンダントのヘッドを高く掲げた。

王家のペンダントである。

伝説の魔剣へと勇者を導く、アルゴスの王城に隠されていた赤い宝玉のペンダント。

宝玉を指先でつまみ、ユリはジンガラを灼く炎にそれを向けた。

あたしとユリのふたりで、さっき脳裏に刻みこまれた呪文を唱える。

「バサラクオリタフランダルラン」

光が炸裂した。

紅の火球が、白い光で輪郭を失う。

光ったのは。

ジンガラだ。

光が球状になった。

炎の中から光が飛びだす。ジグザグに空中を舞い飛び、白い光が長い尾を引く。

大きな弧を描いた。

こっちにくる。まっすぐに飛来する。

光がめざしているのは、ユリが高く掲げたペンダントの赤い宝玉だ。

激突した。

光が宝玉に。

すうっと消える。光が宝玉に吸いこまれていく。

一瞬だった。

あっと思ったときには、もう光がない。消滅している。

ジンガラ、回収成功。

「いまのは……」あたしの横に、ロックがきた。

「回収呪文じゃねえか」

「そうよ」あたしは小さくあごを引いた。

「ドラゴンを聖獣化させたの」

「どうして、その呪文を知っている？」ロックの右頬が、ひくひくと痙攣した。

「俺はおまえたちの前ではその呪文を披露しなかったはずだぞ」

「あたしの魔法よ」ユリが言った。

「魔法少女にできないことはない！」

きっぱりと大嘘を言う。でも、これはやむを得ない。事実をロックに告げるわけにはいかないからだ。

「すごいでしょ」あたしはユリの言葉に割って入った。

「これでジンガラは唯一のドラゴン聖獣となった。大神官の目論見もこれっきり。無敵のドラゴンが聖獣闘戯に参戦するのよ」

「陛下！」ゴステロ兄の悲痛な叫び声が、あたしの耳朶《じだ》を打った。

「もうだめです。脱出してください」

その声で、あたしは我に返った。

ゴステロ兄の言うとおりだ。まわりを見ると、ベランダどころか、城はもうどこもかしこも火の海だ。

あわてて城外へと逃れた。逃げ道には秘密の通路を使った。一国の城ともなれば、こういう通路が無数にある。どこにいても、城の外に脱出することができる。

城壁の外、小高い丘のいただきにあたしたちはでた。

小さな祠《ほこら》がある。そこが秘密通路の出口になっていた。

湖が赤い。紅蓮の炎の照り返しで、真紅に染まっている。

城が崩れ落ちた。中ノ島全体が、ごうごうと炎上している。

アルゴス陥落。

完璧に、してやられた。石船の不意打ちに対して、なすすべがなかった。

「やっぱり神罰じゃないわ」ユリが言う。

「これは卑怯な攻撃よ。薄汚い奇襲だわ」

「でも、約束は約束」あたしが言った。

「あたしは、この国が陥ちたら国王をやめるとキュナートに向かって宣言した。だから、国王をやめる」

「しょーがないわね」首をめぐらし、ユリが言を継いだ。

「だったら、あたしも付き合ったげる」

いかにも恩着せがましい口調だった。

第二章　うちら、美貌のドラグーン

1

「そこで止まれ。動くな！」

ドン・ボザールが叫んだ。フラムの一級神官ってやつ。でっぷりと太った巨体にまとうオレンジ色の神官礼服がひどく乱れている。胸もとが大きくはだけ、裾もまくれあがって、足は膝までが剝きだしだ。目は血走り、声もうわずってきんきんと甲高い。すっごく耳障り。

「なんなの？　冗談でも言ってるの？」口もとに薄い笑みを浮かべ、あたしが言った。「あたしたちに命令できる者なんて、どこにもいないのよ」

言いながら、あたしはゆっくりと歩を進めた。ユリは動かない。黙って、ボザールを見つめている。

「これは堰《せき》だぞ」左腕を横に振り、ボザールは自分の背後を示した。「この向こうには湖がある。川をせきとめてつくった、広大な湖だ。満々と水をたたえている」

「それがどうしたの？」

あたしは意に介さない。ボザールとの距離が、少しずつ詰まっていく。

「この堰を切ったら、フラムの町が水没する。何も知らぬ町の民が濁流に呑まれ、全滅する。おまえたちは、それでもいいのか？」

「とーぜんでしょ」冷ややかな目で、あたしはボザールを凝視した。

「フラムの民とあたしたちとは、なんの関係もないわ。水没？　全滅？　勝手にしなさい。あたしたち、もっとすごい修羅場をかいくぐってきているのよ。そんな連中が何百人溺れようが、知ったことじゃないわ」

言いながら、さらにあたしはボザールの前へと進んだ。

「やめろ！　こっちへくるな」

ボザールの声が、一段と高くなった。ものすごく、あたしたちを怖がっている。こいつは、あたしとユリの正体を知らない。でも、本能的にあたしたちの力を恐れている。

三日前、あたしたちはこのフラムの町にやってきた。

人口は千人弱。中規模の町だ。もちろん、周囲が高い壁で囲まれた城塞都市である。

都市ってほどのサイズじゃないけど。

いかにもふらりと立ち寄ったという感じで、あたしとユリはフラムの城門前にあらわれた。見た目は、なんの変哲もない美貌の女戦士と若づくりの魔法少女である。

あたしたちは町に入るなり、まずボザールが雇っていた私兵を挑発した。どこの町でもやっている、いつもの挨拶だ。酒場や街角でわざと喧嘩を売り、七人の生命力をゼロにした。下級神官もいたので、それにも因縁をつけた。ジャマールの神官は、すべてあたしたちの敵だ。絶対に容赦しない。徹底的に叩く。叩いて、追いつめる。

きょう。

フラムの町を仕切っている一級神官、ドン・ボザールのもとに急報がもたらされた。私兵たちが、ダム湖のほとりに流れ者の女戦士と魔法少女を追いつめたという知らせだった。それを伝えるため、フラムの町の真ん中にでーんと聳《そび》え立っているジャマール神殿に転がりこんできたのは、若い水売りの男だった。たまたま郊外の山まで湧き水をくみに行き、そこでそのさまを目撃したのだと言う。

ボザールはあせって神殿を飛びだし、ダム湖に向かった。水売りの男が案内をつとめた。ボザールはアイベックスを召喚してその背に乗り、山道を駆け登った。アイベックスは、小形の四足聖獣である。嵐が近づいているという空模様だったが、それは気にならなかった。しきりにちょっかいをだしてくる、あのこざかしい流れ者ふたりを始末できる。ならば、その断末魔の姿をぜひおのれの目で見たい。意識の中にあるのは、それだけだ（たぶん）。

ダム湖の手前で、アイベックスをジェムに戻した。目立つと反撃されるかもしれないと水売りが言ったからだ。ジャマールに支配された町の住人は、誰もが荒れすさんでいる。そういう連中の場合、百コナンも渡せば、なんだってしてくれる。神官に対する忠誠心なんて皆無だ。

息を切らせ、足を引きずってボザールは坂道を進んだ（と思う。予定どおりなら）。

そして、ふと気がついた。

水売りがいない。すぐうしろにつづいているはずだったが、振り向くと、そこには、誰もいなくなっている。

堰の手前だった。ボザールは堰を背にして、周囲を見まわした。

そこにあたしたちがいた。二十メートルほど先にあった巨岩の影から、ふわりと姿をあらわした。ボザールの私兵なんて、どこにもいない。いるのは、あたしとユリだけだ。そこに至ってはじめて、ボザールは自分がだまされたことを悟った。

茫然としている。

こんな見えすいた手で、まんまとおびきだされてしまったんだもんね。そりゃあ、反省するでしょう。ほぞ噛みまくりである。

あたしとユリが、ゆっくりと近づいた。

反射的に、ボザールは「止まれ。動くな」と叫んだ。それが、ついさっきのこと。

もちろん、そんなのはあっさりと黙殺する。ボザールはびっくりだ。目を剝いて驚いている。一級神官といえば、ジャマールに仕える神の代理人。その命令を平然と無視するやつなんているはずがない。でも、ちゃんといるんだよ。ここに。

あたしはボザールに迫った。

間合いが十メートルを切った。風が強い。土ぼこりが舞い、視界が少し悪くなる。

「なぜだ？」ボザールが、声を張りあげた。「なぜ神の代理人である一級神官のわしを、おまえたちはつけ狙う。わしが、おまえたちに何をした。わしは、おまえたちの素性すら知らないんだぞ」

「あたしたちは、あんたに用があるの」

あたしは言った。声を低くし、ちょっとだけドスをきかせる。

「用？」

「一級神官って、生命力を失ったとき、コナンじゃない何かをその場に残すんじゃない？」

あたしが訊いた。

「！」

　ボザールの表情がこわばった。

「それ、ジャマールの紋章と言うんでしょ」

「どうして、そのことを……」

　呻くように、ボザールが言った。ジャマールの紋章。それは絶対の秘密だ。モンスターを殪《たお》すと、コナンを残して、そのモンスターは消滅する。それとそっくりのことが目の前で起きる。一級神官の生命力がゼロになって肉体が消えると、あとに紋章を刻んだメダルが一個、残る。それが、ジャマールの紋章だ。

「どうしてもこうしてもないわ」あたしはボザールの言葉をさえぎった。

「あたしたちにはお見通しなの。エンブレムハンター。耳にしたことないかしら？　一級神官を片はしから殪して、その紋章をいただいているんだけど」

「エンブレムハンター！」

　ボザールの顔が青白くなった。血の気が団体で引いちゃったらしい。ふふっ、この二か月であたしたちも有名になったものね。

「本当に実在したのか」唇を震わせ、ボザールは言う。

「信じられん。根も葉もない戯言だと思っていた」

「実在するのよ」あたしは胸を張った。

「だから、切りたければ堰を切ってもいいわ。川を氾濫させなさい。そんなの、あんたが支配した町を、あんた自身がめちゃくちゃにするという、それだけのこと。ジャマール神殿も、他愛なく崩れ落ちちゃうわね」

「…………」

「いたぞ！」

声が響いた。

太い声だった。ごうごうと吹き荒れる風音を貫き、あたしたちの背後で大きく響いた。

響くのと同時に。

わらわらと人影が出現した。

ボザールの私兵たちだ。

私兵たちが女戦士と魔法少女を追っていたというのは嘘ではなかった。ただし、追っていたのではない。追うようにしむけられていたのだ。狙いは、とーぜんボザールのもとから私兵をもぎとることにある。事実、それによってボザールは水売りの男の言をあっさりと信じた。水売りが一級神官に知らせをもたらしたとき、たしかにボザールの私兵のあらかたが出払っていた。神殿の護衛要員以外に、残っている者はいなかった。

「ふざけやがって」

罵り声をあげ、私兵の群れがあたしとユリを囲んだ。その数、ざっと五十人はいる。多い。さすがはフラムの一級神官ね。けっこうな規模の私兵をかかえている。もちろん、そのすべてがジェムを操る闘士たちだ。ごろつきや荒くれのたぐいではない。

「ご無事ですか、神官様」

私兵のひとりが、貧血を起こして倒れそうになっているボザールのからだを両の手で支えた。

「遅いぞ」

安堵に表情をゆるませ、ボザールが言った。いきなり形勢逆転である。状況が一変した。

すうっと歩を進め、ユリがあたしの横に並んだ。

十メートルほどの間合いをとって、闘士たちがいっせいに身構えた。

この態勢、どう見てもあたしたちが不利だ。

でも、あたしとユリは、顔色ひとつ変えなかった。

2

あたしとユリを囲んだ闘士たち（ボザールの私兵ね）は、それぞれが自分の身につけたジェムに片手を添え、もう一方の手で印を結んだ。

呪文を唱える。聖獣の召喚呪文だ。

ジェムから聖獣が飛びだした。

五十人の闘士が五十体の聖獣をどどどっと解き放った。

「仰々しいわねえ」

あたしは表情《かお》を少ししかめ、それから肩を小さくすくめた。ユリは苦笑している。

聖獣は、そのすべてが大型の猛獣、猛禽《もうきん》系だった。

聖獣は、それぞれの性質によっておおむね二種類に分けられる。

体技系とバディ補強系だ。バディとは、その聖獣を支配している闘士のことである。

体技系の聖獣は、文字どおり、からだとからだをぶつけ合って戦う。特殊能力を持っていて、水を自在に操ったり、岩石を飛ばしたり、ドラゴンのように火を吹いたりする（これは聖獣全般にわたってそうだけど）。でもって、やたらとでかい。体長五メートルなんてのはふつうだね。ただし、でかいから強いってことは、必ずしも言えない。スピードとパワーは、反比例することがよくあるから。

一方、バディ補強系の聖獣は小型なのが多い。ネズミやハトなんかの小型鳥獣や昆虫の聖獣だ。これらの聖獣は正面切っての戦いは苦手だが、そのぶん特殊能力が強い。強くて、その能力をたっぷりとバディに分け与えることができる。こういう聖獣をうまく使うと、闘士自身が火を吹いたり、全身から電撃をほとばしらせたりなんてマネが可能になる。

五十人の闘士が、少しうしろに退った。かわりに、五十体の聖獣があたしたちを取り囲んだ。

狼、虎、蛇、猩々《しょうじょう》、蜥蜴《とかげ》……。

殺意を剝きだしにした猛獣やら怪獣やらが、肩いからせてひしめき合っている。

「ひざまずいて、許しを乞え！」ボザールが怒鳴った。

「土下座して詫びを入れたら、命だけは助けてやってもいいぞ」

心にもないことを平然と言う。この野郎、配下の者が大挙して駆けつけてきたら、とたんにがらっと態度を変えやがった。尊大かつ横柄。顔も性格も、醜いったらありゃしない。

「………」

あたしとユリは黙ってボザールを一瞥し、それから右手でゆっくりと印を結んだ。

「バッシラゴントリアーレインジュバル」

低い声で、召喚呪文を唱える。

ユリの胸に、王家のペンダントがかかっていた。そのヘッドに輝いている赤い宝玉があたしたちのジェムだ。実は、この二か月の間にあたしたちはふたりで十個のジェムを集めていた。ふつうの聖獣闘戯なら、そのジェムを使う。何もわざわざ最初から切札を持ちだすことはない。でも、いまは違った。五十対一はふつうの聖獣闘戯ではない。明らかなハンディ戦である。こういうときは、こちらも遠慮しない。いきなり最強の聖獣で相手してあげる。それが礼儀というものだ。

　ジェムから白い光がほとばしった。

　黒い影が光の中から生じる。

　その影が、ふいに大きく膨れあがった。

　でかい。

　軽く十五メートル。いや、いまはもっと成長していて、二十メートル近い。

　誰もが想像しなかった大きさだ。あたしたちを囲む五十体の聖獣のどれをも、その巨大な影は陵駕する。最大の聖獣の四倍くらいは十分にある。

「な――」

　ボザールが絶句した。口がぽかんとひらき、両の目がまん丸になった。たぶん、背すじが冷えて全身が総毛立ち、肌が根こそぎ粟立《あわだ》っているね。

　影が輪郭を得た。

　聖獣の姿をあらわにした。

　長い首。大きく裂けた口。うねる尾。蝙蝠《こうもり》のそれに似た黒い翼。そして、全身を隈なく覆うとげとげの鱗。

「ああああああ」

顔もからだもひきつらせ、ボザールと闘士たちが、忽然とあらわれた奇跡の聖獣をただうつろに凝視している。

「ドラゴン」

誰かがつぶやいた。

言ってはならぬ、一言だ。

パニックが生じた。

闘士の人垣がうねるように崩れる。

恐慌がかれらを襲った。

「ドラゴン」というかすかなつぶやきが、その引金となった。

そう。

呼びだされた聖獣は。

ドラゴンだ。

伝説のスーパーモンスター。それが、なぜか聖獣となっている。

闘士の群れが乱れ、大きく後退した。かれらの聖獣たちも、一歩、うしろに退る。バディの怯える意識が、かれらのもとに伝わった。バディと聖獣は一心同体である。不安や動揺は互いに影響を与え、その行動に大きく反映する。

「嘘だ」低い声で、ボザールが言った。頬が小刻みに震えている。「ドラゴンジェムを持っている者など、いるはずがない。これは嘘だ。わしらは幻を見ている。だまされては、いかん」

一級神官は言葉をつづけた。

その言葉にかぶせるように。

ジンガラが吼えた。

空気がわななく。大地が鳴轟する。耳がきいんと鳴る。

久しぶりに外にだしてもらえたので、目いっぱいはりきっている。やる気満々。元気潑剌《はつらつ》。

すさまじい咆哮だ。

それで、はっきりとわかる。

幻なんかじゃない。

ドラゴンは、あたしたちの頭上に浮かんでいた。黒い翼が、天空を覆うように大きく広がっている。黄金の輝きを放つふたつの瞳が、あたりを睥睨《へいげい》する。長い尾が、波打ち、うねる。

本物だ。

ボザールがどんなに否定しようとも、目の前の現実が消え去ることはない。

「ジンガラ！」強い風が渦を巻いている天空に視線を向け、あたしが叫んだ。

「始末しちゃって。邪魔者を」

ジンガラがゆっくりと旋回した。地上を睨み、翼を大きく羽ばたかせる。

高度が下がった。

すうっとドラゴンが降りてきた。

殺気がみなぎっている。すさまじい気が地上にいる者、聖獣を力で圧倒する。

迫るドラゴン。

聖獣たちは動けない。全身が硬直し、その場に凝然と立ち尽くしている。

ジンガラの影が、群がる聖獣たちを覆った。

反転する。地上すれすれでドラゴンが体をひるがえし、上昇へと転じる。

つぎの瞬間。

食いちぎられた聖獣たちの残骸が地べたにごろごろと転がった。

たった一度の攻撃だ。その攻撃だけで、ジンガラは十数体の聖獣をあっさりと噛み殺した。半分とまではいかないが、聖獣の数が大幅に減じた。

さっきも言ったけど、聖獣同士の戦いに、からだの大きさはあまり影響がない。強さを決めるのは、能力と能力の相性だ。大型の聖獣が小型の聖獣に対して、常に勝利を得るとは限らない。だから、闘士はみんな複数のジェムを持つ。召喚可能な聖獣は一回の呪文に対し、一体のみ。持っている聖獣のすべてをいっぺんに召喚するなんてことはできない。必ず一体ずつだ。闘士は相手が用いる聖獣が何かを読み、自身の聖獣を一体だけ選ぶ。そして、戦う。

残った聖獣と、闘士たちがさらにひるんだ。

最強の聖獣であるドラゴンは、その能力において、すべての聖獣の頂点に立つ。二十体近い聖獣をただの一撃で一蹴する。

でかくて、強い。とにかく強い。めちゃくちゃ強い。絶対に強い。

ドラゴン無敵伝説は事実だったのだ。

並みの聖獣ではドラゴンに勝てない。いや、勝つどころか、束になってかかっても歯が立たない。抗う間もなく、殪される。

殪された聖獣と同じ数の闘士が苦悶の叫びを発し、ばたばたとひっくり返った。ジェムから解き放たれた聖獣が死ぬと、ジェムが割れる。そして、そのダメージがバディに及ぶ。そういうシステムだ。もちろん、バディの生命力も大幅にさっぴかれる。へたをすると、ゼロにもなりかねない。

「ひるむな。かかれ！」ボザールが大声でわめいた。

「いっせいにかかって、ドラゴンをつぶせ！」

「…………」

誰も応じない。

それどころか、完全に戦意を失った。闘士たちの腰が引けた。

また数歩、うしろに退る。かれらと意識を通じ合っている聖獣たちも、同様の動きを見せた。

闘士が印を切り、回収呪文を唱えた。生き残った聖獣の群れがジェムに戻った。

「何をする?」予想だにしていなかった事態に、ボザールが目を剝いた。

「退くな。戦え。聖獣闘戯をしろ。わしを守れ!」

必死の声は、届かなかった。恐怖にかられた闘士たちにできることは、もはやひとつしかない。

「ひいいっ」

ひとりが悲鳴をあげてきびすをめぐらした。ドラゴンに背を向け、走りだす。

他の闘士も、それにつづいた。闘士たちは、ひとかたまりになって先を争い、その場から逃げる。

あとはもう一目散だ。総崩れになって、その場から去る。自分たちがボザールに雇われた私兵であることは忘れた。こうなったら、コナンよりも生命力。ポイントあっての物種である。

一瞬にして、闘士たちの姿が失せた。

地平線の彼方に消え去った。

3

ついさっきまで五十体もの聖獣で派手ににぎわっていた人工湖のほとり。

いまは、やたらとひっそりしている。

残っているのは、聖獣喪失のダメージがひどくてまだ起きあがれない十数人の闘士と
ボザールだけだ。ボザールの上体を横から支えていた闘士たちも、いつの間にかいなく
なった。

「さすがはフラムの一級神官ね。すばらしい人望だわ」

ユリが言った。その背後には、ジンガラが殺気を漂わせながらも静かに浮かんでいる。

「…………」

ボザールは言葉がでない。あたしたちを凝視したまま、彫像と化した。自分がどうい
う状況にあるのかも、いまは認識していないように見える。

「あらためて申し入れるわ」あたしが言った。

「一対一での聖獣闘戯を」

「…………」

「聞こえてる?」あたしは前に進んだ。

「ジェムを持ってるんでしょ。調べはついてるのよ。さっさとだして、自分の聖獣を召喚しなさい」

「そ、それは」

「なに?」

「できん!」ボザールが叫んだ。

「それは、できん。負けたら、わたしは破滅する。ジャマールは敗者を許さない」

「戦わなくても破滅するわよぉ」ユリが言った。

「あたしが魔法をかけて、あなたの生命力をゼロにしちゃうから」

魔法バトンをユリはくるくると振りまわした。これは事実半分、嘘半分だ。魔法だけでは生命力を奪うことはできない。でも、魔法で凶悪なモンスターを呼びだし、それにボザールを襲わせて莫大なダメージを与えるということは可能だ。

「そんなこと、できるものか!」

案の定、ボザールは信じなかった。とーぜんだけど、それは困る。

「できるわ」

きっぱりとユリが言いきった。いいぞ。がんばれ、ユリ。なんとかこいつを聖獣闘戯に追いこむんだ。

「でたらめだ」

「いーわよ」

ユリの形相が変わった。目の端が吊りあがり、長い黒髪がざわざわと逆立った。う、ちょっと切れちゃったんじゃない？

「やったげる。あんたの生命力、からっぽにしてあげる」

あたしをぐいと押しのけ、ユリがボザールの真正面に立った。

魔法バトンをボザールの鼻面に向かってまっすぐに突きだす。

さあ、どーするユリ。

「シュトドラフッタゲラコンクラサッサデラモントズブルゲッド……」

呪文を唱えはじめた。いつもながらの適当呪文だ。そもそも魔法を使うのに、呪文などは要らないのである。

「アッコラエイムザンブレフッタウムケオノンマサレウチトコヤハラセ……」

長い呪文である。どうやら、唱えながら、何をするべえと考えているらしい。いわゆる行きあたりばったりってやつね。ユリの得意技のひとつである。

とはいえ、それを見ているボザールはいかにも不安そうだ。不気味な年増の魔法少女が、これまた不気味な呪文をえんえんと唱える。事情を熟知しているあたしが見ても、ちょっと怖い光景だ。何も知らないボザールが怯えるのは当然のことである。

と。

いきなり電撃が弾けた。

それはもうまじに唐突だった。ユリ、何をするか思いつくのと同時に魔法を発動させたらしい。

「電撃嵐！」

稲妻を飛ばしてから、技の名を叫んでいる。段取りが恐ろしく悪い。

「ひいいっ」

ボザールが悲鳴をあげた。

電撃の団体が、一級神官の足もとで炸裂した。もたついた攻撃だが、さすがに威力は半端じゃない。だせば、それなりの効果がある。

でも。

これは、ごくふつうの魔法攻撃だ。生命力を一気にゼロにしてしまう魔法ではない。

このあとどうするんだ？

そう思ったときである。

ボザールがユリの魔法に反応した。驚いたことに、本当にこれをすごい特殊魔法だと勘違いしたらしい。意外なことに、ユリのいいかげんな魔法が効を奏したのだ。

神官礼服の懐から、ボザールが何かを取りだした。

黒くて、丸くて、発火装置がついている。

爆弾だ。

ボザールが、それをあたしたちに向かって投げた。

爆発した。

大爆発ではなかったが、虚を衝かれた。あたしたちの動きを止めるのには、十分な爆発だった。

あたしとユリは爆風をよけようとして、地面に伏せた。その前に黒い影がかぶさってくる。

ボザールが逃げた。あたしは頭を持ちあげ、視野の隅でそのさまを見た。

逃げながら、ボザールは印を結んだ。呪文も唱えた。

鳥が出現した。

でっかい鳥だ。白い鳥。巨大白鳥である。翼を広げると、その幅は十メートルをあっさりと越える。

ボザールが白鳥の背中に飛び乗った。聖獣を呼んだが、闘戯をする気はさらさらない。

これで、この場から逃げだす。召喚の理由は、それだけだ。

「大歓迎よ」

あたしは薄く微笑み、身を起こした。理由なんてなんでもいい。聖獣を召喚してくれたらこっちのものだ。一方的に襲いかかっても、それは聖獣闘戯として成立する。

爆弾の爆風はジンガラがさえぎってくれた。さっき覆いかぶさってきた黒い影は、ジンガラの翼だった。おっきいから、なんでもカバーできてしまう。いろんな意味でドラゴンは便利だ。

あたしとユリがジンガラの背中にまたがった。

ドラゴンが舞いあがる。

白鳥の姿を、あたしは探した。

天気はいまいちだった。どんよりと曇っている。ぶ厚い雨雲のおかげで視界が悪い。

「あれはカルラという聖獣である」

ジンガラが言った。完全体なので、太くて重々しい声だ。ミニドラゴンのきんきん声じゃない。

「でぶのわりには、あの神官、身軽に動いたわ」

ユリが言った。

「爆弾で反撃するなんて、そこらへんの闘士よりも根性があるって感じ」

あたしが言った。

カルラは見る間に高度をあげていく。どうやら低く垂れこめた雨雲の中に飛びこむ気だ。いったん身を隠し、それから逃亡をはかるつもりなのだろう。

「おまけに逃げ足も一流みたい」ユリがつづけた。

「けど、カルラ風情じゃ力が足りないわね」

「とりあえず追うのである」

ジンガラが言った。

「ふざけたお遊びは、これまでよ」あたしはうなずいた。

「さっさとかたをつけてしまいましょ」

「まかせておけ」

ジンガラが加速した。

急角度で、どぴゅーんと上昇する。速い。すさまじいGがあたしの首にかかる。音速突破だ（嘘）。

あっという間に、ジンガラが雨雲の中へ突入した。カルラに遅れること、ほんの数秒だ。

「あそこにいるのである」

ジンガラが言った。位置を示すように、軽く頭を振った。

ななめ左手上方だった。灰色の霧が渦巻いている雨雲の中。その一角に小さな白い影がある。ちょっと雲に溶けこんでいるが、輪郭はたしかに鳥のそれだ。間違いなくカルラである。大型聖獣ということが仇《あだ》になったね。でかいから、カムフラージュできない。

「前言撤回するわ」ユリがつぶやいた。

「逃げ足は二流以下」

「どうする？」ジンガラが訊いてきた。

「前にでて一撃かますつもりであるが、それをやると、ボザールともどもカルラを地上に落としてしまう恐れがある。対処できるか？」

「できるんじゃない」ユリが言った。

「根拠ないけど」

おい！

「わかったのである」

ジンガラがうなずいた。こら、わかるなよ。根拠ないんだぞ。

ドラゴンがうねるように動いた。

さらに加速する。

あたしはまばたきを二回した。

それで追いついた。コンマ三秒くらいである。

急加速のつぎは、急減速だ。

ジンガラがカルラの正面にまわりこむ。

あたしの目に、カルラの背中にしがみついているボザールの姿が映った。

ボザールが、ジンガラとあたしたちを見た。こっちの視線とあいつの視線とが、激しくからむ。

ボザールの表情が固まった。

口をぽかんとひらいている。

すごくまぬけな顔だった。

4

追いつかれた。

まさか? 信じられない。カルラは全速力で飛んでいる。天空にあって、この速度をしのぐ聖獣など存在しない。

ボザールのおまぬけな顔が、そう言っている。テレパスでなくても、よくわかる。

カルラが進路を転じた。右手に旋回した。だが、ジンガラを振りきることはできない。

その姿は、常にボザールの正面にある。ドラゴンは、ゆうゆうとカルラの動きに同調している。

「あら、お久しぶり」

ドラゴンの背中の上に立ち、あたしが言った。ボザールをまっすぐに見据え、余裕を演出するため、口もとにちょっと微笑みを浮かべた。

「きさまら」

ボザールの頬が、小刻みに痙攣した。

「戻ってくれる？　地上に」

あたしは小さくあごをしゃくった。

「血の契約のもと、我は求め、訴える」ボザールが印を結び、呪文を唱えはじめた。「ザバービラーウンセフォーリオ。力をここに！」

大きく声を張りあげ、ボザールは右手を頭上高く掲げた。拳を握り、人差指を突きだした。

右手を振り降ろす。同時に、呪文の詠誦が終わった。

風がごおとうなった。

甲高く響いている翼の風切り音とはべつの音だ。

灰色の霧が、あらたな渦を巻く。その霧が見る間に凝集する。集まって水滴となる。

水の渦流が出現した。渦流はボザールのからだをくるくると包んだ。渦巻く水の防御壁である。

「ほお」ジンガラが言った。

「カルラは水の力を持っているのか。意外である」

「特殊能力ね」ユリが言った。

「カルラは大型で体技系聖獣なんだけど、バディ補強の能力もけっこうあるってことかしら」

前にも言ったが、聖獣のバディは聖獣から特殊能力をもらうことができる。あたしとユリも、そうだ。ジンガラは火竜なので、あたしたちもジンガラが召喚されている間は炎の技を操れるようになる。あたしとユリはふたり一組で、ジンガラのバディだ。ジンガラの生命力をふたりで預かることになったための例外処置である。いわゆる偶然の成り行きってやつね。でも、この例外はとても便利。どっちか手いっぱいなときでも、動けるほうがジンガラを召喚すればいいから。ただし、ジンガラのダメージは、ふたりが一緒に浴びることになる。召喚したほうだけというわけにはいかない。このあたりはちょっと不満である。

話がそれた。

ボザールが水の力を使いはじめたんだった。

なかなかみごとな技である。

ボザールのまわりに、つぎつぎと水が押し寄せてくる。雨雲の中なので、集める水に事欠くことはない。どうやら、そのあたりも計算していたようだ。一級神官、侮れないわね。

「なんにせよ、こんなやつが手にしていい力じゃないわ」あたしが言った。

「これは神官じゃなくて、本物の闘士が持つ力よ」

カルラが反転した。こっちに向かってくる。どうやらドラゴンからは逃げきれないと悟ったらしい。

水が奔流の帯と化してダイナミックに躍った。ボザールの両腕がくねくねと動く。それに合わせて、水が生あるもののように妖しく蠢《うごめ》く。アトラクションとしてならば、かなりの見ものである。ホテルのプールかなんかでやったら、お金がとれるんじゃないかな。

先手はボザールが打った。というか、あちらに譲った。何をするのか、見てみたかったから。

ボザールが右腕を正面へと突きだした。

数条の奔流がジンガラめがけ、四方から襲いかかってきた。

さらに、上からどしゃ降りの雨が降ってきた。視界がゼロになる。水煙幕だ。ボザール、力をうまく使いこなしている。

奔流がきた。ジンガラを直撃した。

どかどかどか。

ジンガラの首、腹、翼なんかに奔流が激突し、炸裂する。

「いいマッサージだ」ぼそりとジンガラが言った。

「こりがほぐれるのである」

ほんとかよ。

「あたしがやるわ」

ユリが立ちあがった。足を肩幅にひらき、右手に魔法バトンを握っている。

「力には力ね」

おもしろい。あたしは膝を折り、腰を降ろした。ここは珍しくその気になっているユリにまかせちゃおう。

水がくる。怒濤となって、あたしたちを狙う。ボザールはジンガラではなく、バディを標的と定めた。ドラゴンにはカルラごときの力、まったく通じない。しかし、生身の人間はべつだ。水流で圧倒できる。そう考えた。

発想は悪くない。その戦法は十分にありうる。相手がドラゴンのバディでなければ。

ユリが印を結び、呪文を唱えた。これは得意のでたらめ呪文ではない。特殊能力の発現呪文だ。

炎が生じた。

紅蓮の炎が帯状に伸びる。伸びて、渦を巻く。ボザールの水流に対抗して、同じことをユリは炎でやってみせた。

轟音を響かせ、炎の渦が水の渦に挑みかかる。

水が沸騰した。蒸発し、霧へと戻った。

ボザールはさらに大量の水を呼んだ。聖獣闘戯の常識だ。水の力は火の力に勝る。いかに激しく燃えさかる炎であっても、無尽蔵に呼びだされる水に対しては無力だ。必ずその火勢が衰え、最後は消滅する。

並みの聖獣同士の闘戯ならね。

水の大攻勢に、火の勢いが削がれた。ボザールが高笑いしている。

「けっ」

ユリがまた呪文を唱えた。

直後。そこらじゅうからあらたな火炎がぐわわっと湧きあがった。

水がしゅうしゅうと音を立てて蒸発していく。炎がどんどん大きくなる。ぜんぜん水に負けてない。

笑っていたボザールの表情がひきつった。

わかったかしら。ドラゴンの力に、限界なんてないのよ。

炎が激しく回転し、つぎつぎと火球になっていく。数も大きさも半端じゃない大火球だ。

無数の火球が、カルラを包囲した。水の蒸発は止まらない。水流が失せた。熱で強い風が生まれ、霧が吹き飛ばされる。

火球が一点に集まる。その中心にいるのは。

カルラだ。

圧しつぶすように、火球がカルラを包んだ。全身を業火に焼かれる。

カルラが悲鳴をあげた。

カルラの高度が下がった。すとーんと落ちた。垂直落下だ。滑空することもかなわない。完全な墜落である。翼を焼かれ、飛行能力を完全に失した。

地上に突っこむ。カルラが大地に激突した。

「うぎゃっ」

情ない悲鳴を発して、ボザールが弧を描き、宙を舞った。地表へと派手に投げだされる。

岩だらけの斜面を、ボザールの丸いからだがごろごろと転がった。

窪地にはまって、回転が止まる。深手を負ったカルラが、自動的にジェムへと戻った。闘戯続行不可になったときに起きる現象だ。一種のセーフティ機構である。

「うう……あああ」

小さく呻き、土ぼこりにまみれて、ボザールが全身を痙攣させている。例によって怪我はない。参加者の安全は、バーバリアン・エイジのシステムがしっかりと確保している。精神的なダメージや許容範囲内とされている痛みはべつとして、肉体的損傷はいっさいない。

カルラを追って、ジンガラが着地した。

あたしとユリが、その背中から飛び降りる。

仰向けにひっくり返っているボザールの顔を、あたしたちは覗きこんだ。

「ご機嫌、いかが？」

あたしが訊いた。

「…………」

唇を嚙み、ボザールはそっぽを向いた。

「聖獣闘戯はあたしたちの勝ちよ」

あたしは腰の佩剣《はいけん》を抜いた。覇王の魔剣である。それを横目でこっそりと見て、ボザールの頰がぴくんと跳ねた。

魔剣の切っ先をボザールの胸もとに突きつけた。

そこにブローチが留められている。黄金色の宝玉を埋めこんだブローチだ。宝玉はもちろん、ジェムである。カルラのジェムだ。

魔剣の尖端で、あたしはジェムを割った。刃が触れるのと同時に、ジェムは微塵に砕けた。

ボザールが消えた。

忽然と消えた。聖獣闘戯に惨敗し、ジェムを破壊されたことで、ボザールの生命力が底をついた。完全にゼロになった。ゴステロ弟と同じだ。ダチカンへの強制送還である。

ちゃりん。

金属音が響いた。

メダルが岩の上に落ちた音だ。

あたしは腰をかがめ、まばゆく輝くメダルを拾いあげた。

その表面に、複雑な模様が深く刻みこまれている。

ジャマールの紋章だった。

5

アルゴスが陥落した翌日の朝。

あたしたちは旅にでた。

あたしは、もう国王ではない。ユリもまた自称国家筆頭魔導士ではない。

一介の素浪人と一介の素魔法少女だ。

旅の目的は、ただひとつ。

打倒大神官。である。

大神官こそが、この事件の核心的存在だ。

忘れてはいけない。あたしたちがバーバリアン・エイジにきたのは、WWWAに提訴があったからである。

提訴したのは、ハワードという謎の人物だ。

銀河系でもっとも人気のあるテーマパーク、バーバリアン・エイジで運営システムに対する破壊工作が起きている。その黒幕は国際犯罪組織のルーシファだ。

そういう内容の提訴だった。

これはもうびっくりである。

WWWAの中央コンピュータは、その提訴を受けて有能かつ美人の犯罪トラコンをバーバリアン・エイジに派遣した。つまり、あたしである。あ、ユリというぼんくらも、おまけでついてきた。ふたりでひとつのチーム、ラブリーエンゼルだから、おまけがついてくるのは阻止しようがない。

さっそく潜入捜査を開始した。あたしが美貌の女戦士に扮し、ユリがださい年増の魔法少女になった。

　バーバリアン・エイジのシステム、ちょっと見には何も問題ないように思えたが、実はそうではなかった。あたしたちが活躍し、一国を支配するようになって、事態は急変した。蔭に隠れていた敵があからさまに牙を剝いた。

　提訴者であるハワードの懸念が的中したのだ。

　ルーシファが惑星キンメリアにもぐりこませた連中は、バーバリアン・エイジのシステムをめちゃくちゃにした。

　そして、みごとな集金体制をととのえた。

　リアル世界でのコナンとジェムの取り引きがそれだ。

　本来はバーバリアン・エイジの中でしか通用してなかった貨幣であるコナンが外部で取り引きされるようになった。さらに、ジェムという宝玉もつくりだされた。いまは、これも高値で取り引きされているという。

　バーバリアン・エイジは、莫大な闇資金の調達先と化した。リアル世界で取り引きされているコナンやジェムの利益は、バーバリアン・エイジの運営会社であるドゥリットル・エンターテインメントにはいっさい入らない。すべてルーシファの懐に流れこむ。

　他人《ひと》のビキニで水泳しているって感じね。一瞥した限りでは乗っとられたって雰囲気はないけど、実質はルーシファの子会社にされている。超優良の金蔓《かねづる》カンパニーだ。

あたしたちはWWWAから派遣されたトラコンとして、この状況をひっくり返さなくてはいけない。そのために、わざわざ送りこまれたのだ。それができなかったら、トラコン失格である。というか、このままだと、ただの寝ぼけたコスプレマニアになってしまう。ユリなんか、八割方そうだ。いや、九割以上かな。でも、あたしは違う。あたしには使命感がある。燃える正義の心と、強い意志がある。絶対にある。おそらくある。たぶんある。

ルーシファが改竄して構築した似非システムの要《かなめ》は何か？

大神官である。

これが唯一にして最大の手懸りだ。

こいつのおかげで、あたしたちは国を失った。城が陥ち、安住の地から追われた。大神官を捕まえ、陰謀の全体像をあばく。あばいて、バーバリアン・エイジを国際犯罪組織ルーシファの魔手から救う。

しかし。

そもそも大神官がどこにいるのかがわからない。

それどころか、大神官が何もので、何をしていて、どう神聖アキロニア帝国ってやつを支配しているのかも、さっぱりわからない。

もしかしたら、架空の存在なんじゃないだろうか。

そんなことまで考えたりした。

大神官を求める旅なのに、求める相手のことが皆目わかっていないのだ。頭の痛い旅である。手探りで適当に進むしかない。

旅といえば。

あたしたちの仲間もちりぢりばらばらになった。

ゴステロ兄は、弟を回収するため、ダチカンに向かった。見つけたら、力を貸して生命力の回復をはかることになる。かれの直属の部下（山賊時代の乾分ね）もその旅に同行した。

マイティ・ロックは、このイベントから降りた。ギャンブラーには引き際を見極める能力も要ると言って、去っていった。これは、当然といえば、当然である。ロックはあたしたちと違ってトラコンとか潜入捜査官とか、そういう人間ではない。ごくふつうのテーマパークの客だ。バーバリアン・エイジの常連で、たまたまあたしたちと知り合い、そのパートナーとなった。そういう参加者が、ルーシファとの危険な戦いに巻きこまれたら、それこそたいへんである。向こうから「降りる」と言ってくれて、あたしたちは内心、安堵した。アルゴス陥落から先は、もうテーマパークのアトラクションやイベントではないのである。

あたしとユリは、ドラゴン聖獣を駆る闘士となって、トゥーレ大陸をさすらった。その放浪の旅は、二か月に及んだ。

そのあいだにも、ルーシファはどんどんバーバリアン・エイジのシステムを改竄する。そこかしこに神殿が建てられた。神殿には神官が派遣された。一級神官と二級神官だ。二級神官は一級神官の従者である。人口五百人以上の町には必ず神殿が置かれ、神官がその町を支配する。町の領主や王は、容赦なく放逐される。中には果敢に戦いを挑む者もいるらしいが、神官には勝てない。向こうは石船を持っているのだ。あれに襲われたら、どんなに堅固な城でもひとたまりもない。それは、あたし自身が身をもって体験している。

かくて、トゥーレ大陸はジャマールを最高神とする宗教団体によって、ほぼ完全に占拠された。

あたしたちは、町から町を渡り歩き、そこに巣食っている神官を片はしから殪した。因縁をつけて聖獣闘戯に持ちこみ、ジンガラの力で完膚なきまでに叩きのめす。ときどき神官に雇われた私兵たちが数を頼んで戦争をしかけてきたりするが、それは同行している戦士アーシュラにまかせた。アーシュラはムギが化身した最強の戦士だ。闘士属性がないから聖獣闘戯はできないが、ぜんぜん気にしない。めっちゃくちゃ強い。ふつー戦士と闘士が戦うと、ほぼ間違いなく戦士が負ける。聖獣抜きでも勝てない。闘士が持っている特殊能力の技が強力すぎるからだ。

でも、アーシュラは平気。戦士としてのパワーだけで、闘士を粉砕できる。それどころか、聖獣相手でもびしばしと剣を揮い、蹴散らしてしまう。また、その剣があきれるくらいでかいんだ。刃渡りは、なんと二メートル。一振りしたら、家の一軒くらい、真っ二つである。

神官を狙ったのは、それで敵の反応を見るためだった。手あたり次第に神殿をつぶし、神官を殪していけば、間違いなく敵がなんらかの動きを見せる。そう読んだのだ。

ところが、意外なことが起きた。

最初に殪した神官が、消滅するときに謎のデータを残した。

ジャマールの紋章を刻みこんだメダルである。

「これは、大神官の正体につながる一種のヒント、もしくはパズルの断片だ」

そう言ったのは、ジンガラだった。

ジンガラはハワードの代理人（代理生物？）である。その中に、かれの基本人格データと記憶の多くがインプットされている。だから、バーバリアン・エイジのシステムにもアクセスできるし、関連情報も山のように持っている。ただし、アクセスには制限があるらしく、情報も細かいことに関してはけっこう抜けが多い。これは、ハワード本人ではないためだと思われる。いわゆる代理人の限界だね。

「ヒントって、なんでそんなものを残すの？」

ユリがジンガラに訊いた。

「あくまでも、これがバーバリアン・エイジのイベントであることを強調しているのだろう」

というのが、ジンガラの答えだった。大改竄だけど、参加者には絶対に不自然に見えないシステムへの細工。ハッカーがそれをめざした結果がこれだというのだ。しかし、それが理由であるにしても、ちょっと憎い仕掛けである。よほど、このシステム改竄に自信があるんだね。

「すでにルーシファは、バーバリアン・エイジを利用して金を稼ぐビジネスモデルを完成させた」ジンガラはつづけた。

「あと必要なのは、この新しいシステムの安定的継続だ。参加者が喜び、満足している限り、ドゥリットル・エンターテインメントはこの改竄をいきなりつぶすようなマネはしない。それは企業の利益にもなるからだ」

「裏組織の資金源になっていても気にしないのね」

「共存共栄は、世のならいである」

ジンガラは肩をすくめた。

どうもこの状況を毛嫌いしているのは、ドゥリットル・エンターテインメントの中ではハワードひとりだけらしい。それがジンガラの口調やしぐさで、なんとなくわかる。

あたしたちは、八個のメダルを手に入れた。

ジェムもふたりで十個ほど確保した。誰と闘戯するときもドラゴンを使うというのは、いかにも効率が悪い。おまけに目立ちすぎる。それと聖獣闘戯のルール的にも複数のジェムを持っていたほうが有利だ。聖獣闘戯で使える聖獣の数は常にひとり一体のみ。違う聖獣をだすときは、いま戦っている聖獣をジェムに戻さないといけない。でも、あたしたちの場合、ジンガラはユリとあたしの共有だから裏技を利用できる。ジンガラをユリに託しておいて、あたしが違う聖獣を召喚するのだ。原則ひとり一体なので、これはルール違反にならない。もしかしたら反則の可能性もあるが、できちゃうから無視する。きれいごとは言っていられない。こっちも必死だ。

そして二か月後。

メダルに刻まれたジャマールの紋章から読みとった情報をもとに、あたしたちはフラムの町へとやってきた。

6

あたしとユリは岩場にすわりこんだ。

八個のメダルを、あたしは甲冑の小物入れから取りだした。そして、それにあらたな一枚を加え、地面の上にきれいに並べた。

しばらく試行錯誤する。

やがて。

メダルが光った。

淡い輝きだ。青白く光る。いつもどおりの現象だ。きょうはわりと早く完成した。三十分くらいしかかかっていない。

メダルが三つ溜まったとき、あたしたちはこの現象にでくわした。どういう意味があるのかわからず、宿のテーブルで、このメダルを並べてユリが遊んでいた。ユリはなんでも遊びの道具にする。遊ぶことしか、頭にないのだ。が、今回は、それが好結果をもたらした。たまには、こういう奇跡が起きる。もちろん、けっして自慢できることではない。

ある配列でメダルを並べると、メダルが光って裏面の模様が変化する。表面に刻まれたジャマールの紋章は、そのままだ。変わるのは裏面である。そこにジャマールの威光を讃える詩のようなものが描かれているのだが、それが消えて、かわりに図形らしき線描が浮かびあがってくる。

図形の意味は、ジェムからでてきてミニドラゴンの姿になっていたジンガラが教えてくれた。

地図である。

大陸にある、どこかの町を示している地図だ。

その町に行ってみた。

神殿があり、一級神官が町を支配していた。その一級神官を聖獣闘戯で殪すと、またメダルが手に入った。

あらたな地図が出現する。正しく並べると、それまでとはまったく異なる地図が忽然とあらわれるのだ。枚数が増えるにつれてむずかしくなっていくジグソーパズル。そんな仕掛けといっていい。

あたしとユリ、それにジンガラが地図を凝視した。言い忘れていたけど、ジンガラはいまミニドラゴンになっている。メダルを並べる前に、そうした。あんな巨体のままにしておいたら、さすがにうざったい。おまけに目立つ。はっきりきっぱり、邪魔だ。

「トゥーレ大陸の最南部である」

ジンガラが言った。うーむ、こんな断片のような半端な地図で、どうしてそれがわかるんだろう。こっそりとデータベースかなんかにアクセスしているのかな。

「ジンガラはいつも上空から地上を見ているから、すぐにわかるのね」

ユリが言った。

「そうなのである」ジンガラは大きくうなずいた。

「こういうのを見ていると、すぐに地形図が浮かぶ。すると、それがどこかわかってくる」

そうそう。あたしもそう思っていた。口にはださなかったけど。

「で、示されている町は、どこなの？」

言葉をつづけ、ユリが訊いた。

「ベッサム」

つぶやくように、ジンガラが言った。

「ベッサムぅ？」

あたしとユリは互いに顔を見合わせた。

ぜんぜん聞いたことのない町の名だ。もっとも、大陸にある町の九十九パーセントは、その名を知らない。そんなものに関心がなかったから。

「おもしろいことが起きているのである」ジンガラが言を継ぐ。

「メダルをよーく見るんだ」

「なんなのよ？」

あたしはメダルに顔を寄せた。ユリも同じように身を乗りだす。

ごつん。

額と額がぶつかった。

「いったーーい」

ふたりでのけぞった。額を手で押さえ、顔をしかめる。

「おまえたち」ジンガラが言った。

「馬鹿である」

うっさいわねえ。あんたが見ろと言うから、一緒に見たんじゃない。

反論したいが、痛くて声がでない。

しばらく、うなっていた。

ややあって。

ようやく痛みがうすらいだので、あらためてメダルを見た。今度はユリと覗きこむ位置を合わせた。

「文字が記されている」

「文字？」

「象形文字だ」

ジンガラが翼を羽ばたかせ、メダルの上にきた。右前肢で右端のメダルを指し示す。

メダルの直径は十センチくらい。メダルとしてはでかいけど、メッセージボードとしてはけっして大きくない。九枚並べれば、それなりのサイズだが、それでもあまり見やすいとは言えない。

右下のメダルを凝視した。

なるほど。たしかに見慣れぬ記号のようなものが、地図の描線の隅に小さく置かれている。文字と言われると文字かもしれないが、こんなの、見たことは一度もない。

「ジャマールの聖なる文字である」

「はあ？」

あたしは、ぽかんと口をあけた。

「神の言葉を残すための専用文字だ」

「んなものあったの？」

ユリが問う。

「あったことになっている」

あによ、それ。そもそも、どーして、そういう文字をジンガラが知ってるのよ。

「ジェムにこもっていると、いろいろな知識がひとりでに流れこんでくる。体力が回復するだけでなく、最新情報も得られる仕組みになっているらしい」

「あらゆる面で聖獣をサポートするようにできているのね」

あたしは小さくうなずいた。受け取った最新情報を理解できる聖獣がそんなにいるとは思えないけど。もしかしたら、ソフト的にバージョンアップとかさせているのかもしれない。

「こんな文字、あたし読めなーい」

　身をくねらせながら、ユリが言った。気持ち悪い魔法少女口調だ。

「あんたは読めるんでしょ」

　あたしはジンガラを見た。

「もちろんである」

「じゃ、読んで」

「この道を進め。これは大神官に至る道である。そこに待つ運命《さだめ》は死。されど偉大なる勇者は突き進む。死は神より賜《たまわ》る最大の誉《ほまれ》。恐れることは何もない。あるのはただ無の世界……以上であるな」

「これ、もしかして招待状？」

　あたしが訊いた。

「もしかしなくても、そうである」ジンガラはにっと笑った。

「ジャマールの紋章は、それを得た者を絶対神のもとへと導く。ボクの耳に、そんな言葉が聞こえてくる」

「誰がしゃべってるの？」

「それがわかれば、苦労はしない」

「やっぱりね」

ユリは肩をすくめた。

「大神官は何を考えているのかしら」あたしが言った。

「自分を殪そうとしている相手に、自分の居場所を教えようとしてるんだもん。意図がぜんぜんわかんない」

「決着をつけたがっているのである」ジンガラが言った。

「ドラグーンが最大の敵であることは、向こうも承知している。なにしろ、おまえたちはシステムのまだ支配しきれていない部分によって完全に保護されている。システムをいじったかれらには、それがわかっている。だから、いつまでも放置しておく気はない。しかし、邪魔者の排除には制限が伴う。強引なマネをしたら、いまは黙認してくれているドゥリットル・エンターテインメントがシステムの無断改竄に関して刑事告発に踏みきる可能性がある。それはまずい。金蔓の継続性に影響がでる」

「つまり、あたしたちを放逐するには、ルールに則《のっと》った上でないといけないのね」

ユリが言った。

「そうだ」ジンガラはあごを引いた。

「これは、あくまでもゲームであり、イベントなのである。ラストはあまり穏やかなものにはならないと思うが、それでも、これは徹頭徹尾バーバリアン・エイジという仮想世界の中での擬似的な出来事だ」

「ルールの範囲内で対抗できるのなら、対抗してみろ。それはそっちの自由だとあたしたちに向かって言っている。このパズルは、そのメッセージってことかしら」

「しかりである。これは、ある意味、ダーティペアへの挑戦である」

「ラブリーエンゼルよ」

あたしがやんわりと訂正した。

「招待を受ける気はあるのか？」

念を押すように、ジンガラがあたしたちに向かって問いを発した。あたしのだした訂正には反応しない。無視しやがった。

「十分にあるわ」ユリが言った。

「くだらない余裕をかましたことを、思いっきり反省していただくの」

「ベッサムまでは何キロ？」

あたしが訊いた。

「千二百キロくらいだな。石船と違って、ボクらは移動制限にひっかかるから一週間くらいの旅になる」

「アーシュラは、神殿のほうを片づけてくれたかなあ」

小首をかしげ、ユリが言った。

「たぶん、いまごろあとかたもなく消え去っているね」

あたしが言った。アーシュラには、フラムのジャマール神殿の破壊を頼んでおいた。神官を殪したら、神殿もつぶす。それがあたしたちの方針だ。

「じゃあ、さっさと町に戻ってアーシュラと合流しましょ」ユリが立ちあがった。

「そしたら、すぐに出発よ」

「いいわね」

メダルを集めて小物入れに投げこみ、あたしもすっくと立った。

「ベッサムか」ジンガラがぼそりと言った。

「決着が近そうである」

ユリが呪文を唱えた。

ジンガラが成体に戻った。

7

「喧嘩だあっ！」

けたたましい叫び声が、朝のさわやかな空気を醜くつんざいた。

「うるさいのお」

カバブが顔をしかめた。

「気が荒いのよ。あの娘《こ》は」

あたしが言った。言ってから、コマを盤面に置いた。

「行かなくていいのか？」カバブが訊く。

「おまえの連れだろ。あの魔法少女は」

「ほっときゃいいわ」あたしは軽く首を横に振った。

「喧嘩はユリのごはんがわりなの。一日三回はやらないと、おなかがいっぱいにならない」

「嘘だろ」

カバブの目が丸くなった。もちろん、嘘である。でも、じゃんけんで負けて、ユリが喧嘩を売る役にまわったなんてこと言えないわ。あたしだって、たまにはおとなしくボードゲームなんかやりながら、串焼肉を味わいたいのよ。

カバブと知り合ったのは、一時間くらい前のことだった。時計がないから、太陽の位置で判断してるんだけど。

あたしたちがベッサムに着いたのは、きのうの午後である。

人口は千三百人弱。フラムよりはちょっと大きいが、想像していたほどの大都市ではない。

着いて、いきなりぶったまげた。

ベッサムには領主がいる。

これって、ここが神聖アキロニア帝国の領地ではないということなんだよね。

ベッサムは、ジャマール教団を拒否している。その支配下に入っていない。

神殿はないし、とーぜん一級神官も不在だ。

ベッサムは仮にもジャマールの紋章メダルによって指し示された町である。まさか、そんなところとは思いもしなかった。

城門の通過は簡単だった。旅の戦士ふたりと魔法少女だと告げると、すぐに門番が門をひらいてくれた。ジンガラは、ジェムに戻した。いかに幼生体とはいえ、ドラゴンを町の連中に披露することはできない。しばらく隠しておく。

とりあえず、町いちばんの広場に行き、そこにいた客引きの案内で適当な宿屋に入ってチェックインした。あちこちで暴れまくっているあたしたちはけっこうコナンを溜めこんでいる。おかげで、宿代に困るということはまったくない。飲食にも不自由していない。客引きにもチップを弾んだ。

夜は酒場に繰りだした。情報収集のためである。こういうとき、ロックがいるとすごく助かるのだが、残念、いまはあたしとユリのふたりきりだ。アーシュラは中身がムギなので、酒場に連れていくなんてことはできない。宿に残ってもらう。

酒場では、領主とその傭兵部隊の情報を少し仕入れた。やはり、ジャマール教団とは敵対しているらしい。でも、それについては、誰もあまり詳しく語ってくれない。避けたい話題のようだ。深夜遅くまで粘ってみたが、大きな収穫はなかった。

昼近くまで宿屋でぐっすりと眠ってから、あたしとユリとアーシュラは広場にでた。アーシュラを同行させたのは、いつものあれをやるためだ。神官はいないが、まあ相手は領主の傭兵たちでもいいだろう。戦士もそうだけど、闘士も最初が肝腎だ。派手に腕前を見せておかないと、あとで舐められることになる。

広場には、早々と屋台が出現していた。昼飯の客を狙った串焼肉屋だ。

ちょうどいい。おなかもすいているので、あたしはその屋台に行くことにした。ユリも行きたがったが、却下。それはあれのあと。恨むのなら、じゃんけんに負けた自分を恨め。

「そんなことより」あたしはカバブに向かって言った。

「串焼肉をもう一本」

「まだ食うのか」カバブはあきれた。

「これで五本目だぞ」

「おいしいから、食べちゃうのよ」

「うまいこと言うな」カバブは相好を崩した。

「しかし、ちょっとあとまわしにならんか?」

「なんで?」

「わしは、あの喧嘩というのを見物したい」

「はあ?」

「あんたも、あんたの連れも闘士だろ」

「………」

「闘士の喧嘩なら、聖獣闘戯になる可能性が高い」

「カバブ、けっこう好きなんだ。そういうの」

「娯楽の少ない町だからな」

「ベロは、どうする?」

あたしはあごをしゃくって、ボードゲームの盤面を示した。

「このままでいい。盤面は暗記した。いつでも並べ直すことができる」

「プロ並みね」

「そうだ」

カバブは大きくうなずいた。

串焼肉の屋台は、五十過ぎとおぼしき親父がひとりで仕切っていた。名をカバブという。あたしの顔を見るなり、カバブはいきなり訊いた。

「ベロはできるか？」

大陸で流行しているボードゲームだ。黒、白、青、赤、四色の駒を使って盤面の陣地を奪い合う。あたしも毎日、王宮で兵士や市民相手に遊んでいた。もちろん、連戦連勝である。

「串焼肉を賭けて、ベロをやろう」カバブは言った。

「わしに勝ったら、おまえさんが食ったぶんはすべてただになる」

「いーわよ」

あたしは、あっさりと応じた。このあたしとベロで勝負しようなんて、いい度胸である。

でも、なかなかおもしろい親父だ。

ベロの勝負は「喧嘩だ」の一声で、中断となってしまった。ユリ、タイミングが悪いよ。

ベンチから立ちあがり、あたしは広場を横切った。広場の反対側、南の端にある細い路地の入口近くにユリとアーシュラがいた。

いかにも闘士然とした風体の屈強な男たち数人が、ふたりを取り囲んでいる。

「誰がゴミ野郎だと？」

男のひとりがすごむように言った。身長二メートルオーバーの大男である。体重は二百キロ以上かな。顔つきもすごい。凶悪そのもの。見た目はまんまプロレスラーである。もしかしたらリアルでは本当に格闘家なのかもしれない。

「目の前の小汚いやつよ」

ユリが大男に向かって啖呵を切った。

「てめえ」

大男の表情が変わった。こわばり、肌の色が赤黒くなった。

「勝負だ！」声があがった。大男のまわりにいる闘士たちが叫んだ。

「聖獣闘戯をしろ」

「ガジャボ、そいつをぶちのめしてやれ！」

「ぶっ殺せ！」

つぎつぎと声が飛ぶ。ガジャボというのが、大男の名前らしい。

「ふん」

ユリは左右を見まわし、つんとあごをあげて鼻を鳴らした。

「いいわね。聖獣闘戯」ガジャボに視線を戻して、口をひらく。

「あたしはいつでもオッケイよ」

「いいだろう」ガジャボが怒鳴った。

「やってやる！　いますぐここで、決着をつけてやる」

印を結んだ。

契約の呪文を唱える。

「せっかちね」

ユリは右手の魔法バトンと左腕を胸の前で交差させ、印を組んで、呪文を詠誦した。

光を放った。

ふたりのジェムが、ほぼ同時に。

ジェムから聖獣が召喚される。

ガジャボの聖獣は体長七メートルの大型黒サソリのスコルピオだった。

四対の脚に一対の触肢。そして、U字型にカーブを描いた長い尾を持っている。尾の先端には鉤爪《かぎづめ》状の毒針があり、触肢はまるで鋭く尖ったハサミだ。全身が闇のように黒い。

それに対して。

ユリの聖獣は広場の上空へと、高く舞いあがった。

鳥ではない。

翼を有した白馬だ。

ペガサスである。

「ほお」

カバブの眉がぴくりと動いた。

「ペガサスとは珍しい」あたしの横でぼそぼそと言う。「聖獣として存在しているとは聞いていたが、見るのははじめてだ。あの魔法少女、外観に似合わぬ本格派闘士のようだな」

「うーん。それはどうかしら」あたしは首を軽くひねった。「たまたま手に入れたジェムがペガサスだったってことだけよ。買いかぶっちゃだめね」

「そうなのか？」

「そうよ」

あたしはきっぱりと言いきった。

ペガサスが飛ぶ。広場の上を高速度で旋回する。

あたしの眼前を通過した。風が頬を強くなぶった。大きく翼を羽ばたかせ、ペガサスが体をなめらかにひねる。

スコルピオが動いた。聖獣闘戯だが、スコルピオはペガサスを無視した。かわりに、ユリめがけて突進した。

スコルピオがユリに迫る。

バディ攻撃だ。これはルール違反ではない。バディに聖獣の力が分け与えられている以上、聖獣がバディを狙うのは、むしろ当然である。奇襲の一種だが、戦法としてはありふれたものだ。

ユリは平然としていた。この攻撃は予想の範囲内である。

魔法バトンを振り、あらたな呪文を唱えた。

「はあっ」

気合がほとばしる。

ごおと風がうなった。

ユリが腕をまわす。それに伴い、風が生じる。

強風だ。竜巻のように渦を巻いた。

風がスコルピオを打った。

8

風は、ペガサスから得たユリの特殊能力だった。

風の聖獣。

それがペガサスである。すっごく強い聖獣なんだけど、ドラゴンの敵ではない。聖獣闘戯でユリが圧勝し、戦利品として、そのジェムを相手の闘士からもぎとった。ジェムを賭けての聖獣闘戯は珍しくない。わりとふつーにおこなわれている。

「ぎいいっ」

金属がこすれ合うような啼き声を響かせ、スコルピオがひるんだ。一瞬、動きが止まる。どうやら、からだの大きさに比して、意外に体重が軽いらしい。風をもろに受けて、しっぽがぐらぐらと揺れている。その反動で、スコルピオはひっくり返りそうになる。

ペガサスが空中で反転した。

反転し、一気に急降下する。スコルピオは、そのことに気づいていない。ユリが揮う風の力に翻弄されている。

ペガサスがきた。

後肢の蹄《ひづめ》で、スコルピオを蹴った。降下の勢いを利用した、すさまじい一撃だ。

鈍い音があたしの耳に届いた。五十メートルくらい離れているのに、そのバキッという音ははっきりと聞こえた。

蹄が直撃したのは、毒針の付け根だった。

そこの関節が砕けた。

毒針が弧を描く。

もろくも折れ、くるくると回転しながら、どこかに飛んでいく。

さらに、ペガサスは両の翼を大きく羽ばたかせた。

風が湧き起こる。ごうごうと吹く。

「うほっ」

風のとばっちりを受け、あたしの横で腕を挙げ、カバブが顔を覆った。足をふんばってないと、飛ばされそうになる。

「でえっ」

さらにユリが鋭い気合を発した。もちろん、魔法バトンも振りまわす。

風が、いっそう強くなった。こちらの風はユリの力によるものだ。地上すれすれを疾《はし》り、途中から激しい上昇気流となっている。

「うがぁ」

ガジャボが悲鳴とも、呻き声ともつかぬ声をあげた。ペガサスの風とユリの風。ガジャボは交差する二条の風の真っただ中にいる。その巨体が大きく揺れ、よたよたとよろめく。反撃したいと思っているはずだが、それどころではない。

「ぐぎいっ」

スコルピオが渦巻く風にあおられ、浮いた。

バランスを崩し、ひっくり返る。完全に風に足もとをすくわれた。

上下逆さまになった。二本のハサミを振りまわし、もがく。見た目のおどろおどろしさのわりに、この聖獣は弱い。毒針を失った尾を使って、必死でからだを起こそうとあがくが、まったく動かない。腹部を剝きだしにして、四対の脚をじたばたと揺すっている。

そこにまた、ペガサスが突っこんできた。

スコルピオの真上で急停止。ふわっと上体を持ちあげ、二本の前肢を高々と振りあげる。馬でいう棹立ちの体勢だ。

勢いをつけ、ペガサスは前肢を振りおろした。

爪先を叩きつける。

ふたつの蹄が、スコルピオの腹部にめりこんだ。

ぐしゃっ。

耳障りな音が、あたしの耳朶を打った。

体液が飛び散る。

スコルピオの腹部が裂けた。

ぱっくりと割れた。

黒サソリがジェムに戻る。大きなダメージだ。そのダメージをガジャボも受ける。

「がっ」

しかし、短い声をあげただけで、ガジャボは苦痛に耐えた。耐えて、つぎの手を打とうとした。

べつのジェムを握り、あらたな聖獣をこの場に召喚する。スコルピオが戻ったから、それができる。

その目論見を、ユリは許さなかった。ガジャボがこのあと何をするのかを完全に見抜いていた。

ユリがつぎつぎと力を繰りだす。

風がガジャボをなぶる。

風は、激しく回転する竜巻だ。それもひとつやふたつではない。いきなり五本の小竜巻がガジャボを囲むように出現した。

強風を四方から受けて、ガジャボは身体の自由を失った。思いどおりに動けない。印を結ぶことすらむずかしい。五本の竜巻が、ガジャボの挙措《きょそ》を完璧に縛っている。遠目でみると、ガジャボがひとりでダンスでも踊っているかのように見える。へたくそなダンスだ。手を振り、足をあげ、腰をぐるぐるとまわす。滑稽な姿。かっこわるーい。そうとしか言いようがない。

「ん？」

人影が動いた。

あたしは視線をそちらにちょっとだけ移した。

ふたりの男が広場の端にいる。闘士だ。さっきガジャボと一緒になってユリを罵倒していた数人の男たちのうちのふたりだ。どうやらこのふたりとガジャボが闘士だったらしい。

ふたりの闘士が、ユリの背後にすうっとまわった。

何する気？

あたしはふたりの姿を目で追った。この行動、あまりにも怪しい。

ふたりがジェムに指で触れ、それから印を組もうとした。

これは。

聖獣を呼びだそうとしている。

ルール違反だ。

無人の荒野でおこなう喧嘩まがいの聖獣闘戯ならいざ知らず、公開の場でこんなふうに一対一ではじめた聖獣闘戯に他の闘士が勝手に割りこむのは、明らかに仁義に反している。

どーするユリ？　あんた、気がついてるの？

そう思ったとき。

違う影が、あたしの視界をすうっとよぎった。

でっかい影だ。めちゃくちゃ速い。

この輪郭は。

戦士アーシュラ。

「ぎゃっ」

「ぐへっ」

ふたりの闘士が飛んだ。まっすぐに吹き飛び、背中から石壁に激突した。

そうそう。アーシュラがいた。闘士じゃないから聖獣闘戯はできない。でも、巨大剣を使わせたら無敵だ。聖獣の技も、闘士の特殊能力も、ほとんど通じない。

「とやっ」

ユリの気合が響く。邪魔者は片づいた。残っているのは、間違いなくガジャボひとり。

風の力が炸裂した。

五本の竜巻が、ガジャボに向かってひとつになった。

すさまじい風が、ガジャボを包む。

あっという間の出来事だった。

ガジャボの巨体がふわりと浮き、半回転した。足が上に、頭が下になる。

落下した。肩口から、地上に落ちた。

「！」

声もない。肩と側頭部を強打した（ように見えた）。首があらぬ角度でねじ曲がった

（ように見えた）。

横ざまに倒れる。そのあとごろりと転がって、仰向けになる。

ガジャボは動かなくなった。

というか、システムによって、一時的にからだの動きを制限された。

風がすうっとおさまっていく。

ユリが力を止めた。

はあはあと肩で息をしている。

さしもの魔法少女も、これだけ特殊能力を使いまくると、けっこう消耗する。呼吸が荒くなる。

よろめくように後退し、半身になった。

そこではじめて気がついた。

壁ぎわに男がふたり昏倒している。そのすぐ横に戦士アーシュラが立っている。

ユリは呪文を唱え、ペガサスをジェムに戻した。戻す際に、左手をアーシュラに向かって振った。アーシュラは反応しない。腕を組み、なにごともなかったかのように、平然とたたずんでいる。

ユリはきびすを返した。

あたしの顔を見た。

歩きだす。

きょうのあれ、終わったわよ。

そう言いたげな表情だ。

あれとは、新しい町に到着後、最初にやるデモンストレーションだ。たいていは一級神官に雇われた闘士相手にやるのだが、今回は、広場にたむろっていた闘士の中から適当なやつを選び、ユリは喧嘩を売ったらしい。売られたほうは、そこそこ迷惑である。ガジャボ、ちょっとかわいそう。

あたしの正面に、ユリがきた。アーシュラも一緒だ。さりげなくついてきた。

「いい腕と、いい聖獣だな」

あたしたちが口をひらく前に、カバブが言った。

「そーでしょ」ユリがにこっと笑った。

「あたし、とっても強いのよ」

遠慮とか謙遜とか、そういう言葉はユリの辞書には存在しない。

「お疲れさま」あたしが声をかけた。

「ごほうびに、串焼肉を食べさせてあげる」

あごをしゃくって、カバブの屋台を示した。

「串焼肉屋のカバブだ」

店主が自己紹介した。

「魔法少女のユリよ」

ユリも名乗った。

「たっぷり食ってくれ」カバブは言葉をつづけた。

「わしの串焼肉は大陸一だぞ」

たしかに。

あたしは小さくうなずいた。

それは本当だと、マジに思った。

第三章　封印聖獣、反則ぅぅぅ！

1

「あれって、石船？」

いきなりユリが訊いた。

頭上だ。

見上げると、鈍い轟音を響かせて町の上空を一隻の石船が通りすぎていく。

あたしとユリは足を止め、天を振り仰いで石船を目で追った。けっこう高々度を飛んでいるはずだが、見た感じは意外に近い。船体の全長は百メートルオーバーってところか。アルゴスの城にあらわれたやつとほぼ同じサイズである。

あたしたちが串焼肉の屋台に近づいたとき、その石船は西の方角からとつぜん飛来してきた。町の真上を抜け、東へと進んでいる。陽光がさえぎられ、一瞬、町全体が暗くなった。

「神聖アキロニア帝国の石船だ」カバブが言った。

「ベッサムの領主を牽制《けんせい》するため、このあたり一帯を定期的に巡回させている。最初は驚いたが、近ごろはみんな馴れっこだ。誰も気にしなくなった」

「ジャノ・メッセルだったっけ。ベッサムの領主って」

あたしが言った。これはきのう拾ったばかりの情報だ。この町にくるまで、その名前はもちろん、領主がいることすら知らなかった。

「ああ」カバブは小さくうなずいた。

「なかなかの名君だぞ」

「うちらには関係ないわね。領主の評価は」あたしは屋台の前の椅子に腰を置いた。

「勝負のつづき、やるんでしょ？」

カバブに向かって訊く。

「いや、そっちのねーちゃんの串焼肉が先だ」カバブがあごでユリを示した。

「えーーーーっ」

ユリの食事なんて、どーでもいいじゃないという意志を思いっきりあらわして、あたしはカバブを見た。

「ベロの勝負はちゃんとやる。決着はつける。賭けもそのままだ。しかし、先に飯を食わす。それが俺の方針だ」

「はいはい」あたしは肩をすくめた。

「さっさと食わしてやって。聖獣闘戯で大奮戦した年増の魔法少女に
「年増はよけいよ」

ユリがあたしのとなりの椅子にすわり、文句を言った。アーシュラはその背後に立ったままだ。アーシュラは何も食べない。中身がムギなので、通常の食事はしないのだ。首から下はロボットであるから、腰かけて休むということもしない。

「じゃんじゃん焼くからな」カバブが肉の刺さった金属串をつぎつぎと炭火の上に並べた。

「腹いっぱい食ってくれ」

「うれしーい」

身をくねらせて、ユリが喜んだ。

「ところでさあ」あたしが言った。

「神聖アキロニア帝国っていうか、ジャマール教団とは、どんぱちやっていないの？」

さらっと尋ねた。直球質問だ。このじーさん相手なら、まわりくどい訊き方をする必要はないだろう。

「直接対決はないなあ。まだ」

肉を焼きながら、カバブもさらりと答えた。

「まだ？」

「ありていに言えば、一触即発状態だ。ここひと月ほど、息が詰まるような緊張関係がつづいている」

「もう少し具体的に聞きたいわ」

ユリが言った。

「おまえたち、狙いは領主の傭兵部隊入りか？」

上目遣いになり、カバブが訊いた。肉を焼く手は止めない。

「傭兵部隊？」あたしとユリが、互いに顔を見合わせた。

「なんなの？　それ」

「さっき魔法少女のねーちゃんが戦った闘士たちだ」

「…………」

「いま、あちこちから、この町に大陸中の闘士どもが集まってきている」

「…………」

「ベッサムの領主が帝国の要求をはねつけた。大神官が激怒し、ベッサムをつぶす。対抗するため、メッセルが傭兵部隊の拡充を開始した。行けば、とてつもない額のコナンが手に入る。そんな噂が闘士たちのあいだでまたたく間に流れた」

「その噂──」

「事実だ」あたしの問いをさえぎるように、カバブは答えた。

「メッセルは必死になって闘士を集めている。報酬はひとりにつき、一日三十コナン。これまでに溜めこんだ財産をすべて放出する勢いだな」

「なんで、そんなにムキになってるの？」

ユリが訊いた。

「性格だと思う」

「はあ？」

「一旅人として大陸にやってきて、ひとつの町の領主にまで登りつめるやつには、それなりの屈折ってものが性格の中にあるんだよ。おまえの町をよこせ。はい、そうしますってわけにはいかない。逆らったらどうなるかはわかっている。石船に攻撃され、根こそぎ焼かれてしまった町がたくさんあるんだ」

ぎくり。

「それで、メッセルはムキになった。幸いなことに、大神官といえども、この町には手がだせなかった」

「どうして？」

「言い伝えがあるからだ」

「言い伝え?」

「この町のどこかに、強大な力がひそんでいる。その力を得た者が、最終戦争を制す。力を欲する者、この町に至るべし。そういう言い伝えだ」

「よくわからない」あたしは首を横に振った。

「力があると、手がだせないの?」

「どういう形で、どんな力がひそんでいるのかが言い伝えの中に入っていないからなあ」カバブは小さく肩をすくめた。

「この大陸で流れている言い伝えや噂は、おおむね真実だ。力があることは、まず間違いない。必ず町のどこかに、なんらかの形で隠されている。となれば、うかつなマネはできない。石船で焼き払うなど、論外だ。そんなことをしたら、その力を見つけるためのヒントや手懸りも失ってしまう。場合によっては力そのものも消滅してしまう可能性がある」

「大陸をほぼ完全に制圧した教団や帝国も、伝説の力はほしいのね」

ユリが言った。言いながら、串焼肉をがつがつと食べだした。串焼肉は皿に山盛りになっている。

「領主は探してるんでしょ、その力を」あたしが言った。

「なんたって、お膝元なんだもん」

「ずうっと調べつづけている。だが、大昔から伝わる正体不明の力だ。いかな領主といえども、おいそれと見つけることはできん。言い伝え以外に、謎を解く糸口も存在しない。手探り状態だな。あちこちひっくり返しても、メモひとつでてこないのだ」

「大神官は？」

「神聖アキロニア帝国の大ボスと言われているやつか？」

「そう。ガッラ・パブティマ」

あたしはうなずいた。

「誰も見たことがない支配者だ。ベッサムにやってくるのは、その小姓と称するガキばかり。いまでは実在も疑われている」

小姓。

あたしの脳裏にキュナートの顔が浮かんだ。すっごい美少年だったけど、あいつがあたしのお城を焼いた。あたしの国を、この世界から消した。

「帝国の連中は領主よりも情報を持っている可能性がある」カバブは言葉をつづけた。「いつだったか、酒場で傭兵たちがそんな話をしていた。大神官の小姓どもは自信たっぷりだ。この町を占拠したら、すぐにあれを手に入れられると確信しているんだろう」

「いろいろ知っているから、かえって強行手段が使えなくなっているのね」

ユリが言った。

「おかげで、わしはこうやって商売をつづけていられる」

カバブは片づけに入った。どうやら、底なしと思われたユリの食欲も完全に満たされたらしい。

「でも、一触即発状態なんでしょ」

あたしが言った。

「帝国は蔭でこっそり蠢いている。おそらく間諜を町の中に多数送りこんでいるはずだ」

「マジ？」

あたしの目がちょっとだけ丸くなった。

「ここで毎日、旅人を見ていると、明らかにおかしな挙動のやつがいる」

「…………」

「知ってのとおり、この町は旅人に対して寛容だ」

「あたしたちも簡単に通してくれたわ」

ユリが言った。

「傭兵を集めるために、そうしている」

「それを利用して、闘士に扮したスパイを町なかに忍ばせているってわけ？」

「根拠はない。あくまでもわしの勘だ。しかし、自信はある」

「あたしたちだって、そうかもよ」

テーブルに両肘をつき、ふたつの拳にあごを載せてあたしはカバブを見据えた。ついでに薄く微笑む。

「違うな」

カバブは、平然と言葉を返してきた。

まなざしが鋭い。

なるほどね。

あたしの背すじが、ざわりと波打った。

カバブって、ただ者じゃない。

2

宿に戻ることにした。

カバブとのベロ勝負は一勝一敗の痛み分けに終わった。再戦を約し、あたしたちはカバブと別れた。屋台をあとにし、狭い路地へと入った。

たらたらと町の中を歩く。裏道なので、おもしろそうな店がある。魔法グッズショップが多い。ときどきショーケースを覗く。何も買わない。冷やかすだけだ。

「これから、どうしよう?」

道すがら、ユリと話した。

「紋章が、なぜこの町を示していたのかがポイントよね」ユリが言う。

「ゲームとして、この町がどういう意味を持つのか。それが重要よ」

「それを見抜けば、パブティマの居場所もわかるってこと?」

「うん。たぶん」

ユリは小さくうなずいた。この手のゲームとなると、あたしよりもユリのほうがお得意である。あたしが好きなのはシューティング。撃ちまくり、倒しまくって大団円を迎える。細かいことをいちいち考えながらやるゲームはちょっち苦手だ。

「とにかく情報が足りないわ」あたしに視線を向け、ユリは言葉を継いだ。

「大神官の正体も、町のどこかに隠されている謎の強大な力なんてのも、みーんなそれを見つけること自体が一種のイベントになっている。となると、地道に情報を集め、マップだか、ガイドだか、呪文だかをひとつずつ手に入れて、その場所に行き着くしかないわね」

うーむ。

それって、ぜんぜんうちらしくない。

あたしとしては、どっちかというと、どばっと暴れて、ががっと突っこんで、ぐぎゃっとひっかきまわし、ずくわっと解決してしまいたい。意味不明だけど。

「とりあえず、宿にこもって作戦立て直しかなあ」腕を首のうしろにまわし、あたしはため息をついた。

「カバブからもらった情報の裏もとらなくちゃいけないし」

宿に着いた。

そこで、あたしとユリの足が止まった。

誰かが、宿の前にいる。

通りすがりの住人。

という雰囲気ではない。

ひとりではない。四、五人だ。明らかに誰かを待ってたむろしている。がっしりとした体格の男たちで、その服装は、どう見たって闘士そのものである。商店主や占い師なんかではない。

「あらあらあら」ユリが言った。

「さっきの仕返しかしら」

魔法バトンを突きだした。

「違うみたいよ」あたしは、ユリを制した。

「殺気がない。なんか、のほほんとしている」

「お、帰ってきた」

野太い声が響いた。

男たちのシルエットの中で、いちばんでかいのが発した声だ。ちょっと聞き覚えがある。

「よお」

右手を挙げて、振った。

あいつは？

ガジャボだ。

間違いない。さっき、広場の隅でユリと聖獣闘戯を戦い、惨敗して叩き伏せられた闘士のガジャボである。見ため的にはすごいダメージを受けたはずなのだが、そこはそれ、システムのからくりがある。怪我とか、打撲とかは、いっさいしていない。安全は、完壁に確保されている。

「なんなの？」歩きながら、あたしが訊いた。やっぱりユリが予感したとーり、仕返しにきたのかな。

「つづきをやりたいの？」

「違う、違う」ガジャボは右手をひらひらと振った。

「俺たちは、迎えにきたんだ」

ガジャボの真正面で、あたしたちは足を止めた。こうやって近くで見ると、ガジャボは本当にでかい。もちろん、アーシュラほどじゃないけど、バーバリアン・エイジで出会った中では、いちばんでかい人間の参加者じゃないかな。

「迎えにきた？」

あたしとユリはきょとんとなった。それは予想していなかった言葉だ。

「俺たちは、ここの領主に雇われている」

ガジャボは、自分自身と、まわりにいる四人の闘士を指し示した。

「知ってるわ」あたしが言った。

「傭兵の闘士なんでしょ」

「そうだ」

ガジャボは二重顎を強く引いた。

「で、迎えにきたって、どーいうこと？」

「あんただよ」ガジャボの目がユリをまっすぐに捉えた。

「あんたは強い。トップクラスの闘士だ。俺は気に入った。うちにきて、傭兵にならないか。ここの領主は気前がいいぞ。ぶらぶらしているだけで、コナンが勝手に溜まる」

「ユリだけ？」

ちょっとむっとして、あたしはガジャボを睨んだ。

「い、いや、俺は彼女としか聖獣闘戯をしてないから……」

ガジャボはうろたえた。

「だったら、いまからあたしとやる？　あたし、強いわよ。このいんちき魔法少女の十倍くらい強いわ」

「そいつは、ちょっと」

「できないの？」

「あんたら、チームを組んでいるんだろ」

「そーよ」

「だったら、証明なんか要らない。チームを組んでいるからには、どっちも強い。それは無条件で認める。認めるから、勘弁してくれ」

手を合わせ、ガジャボはあたしを拝んだ。

仕方ないわね。そこまで言われたんじゃ、納得するしかないじゃない。

「で、どうするのよ？」

ユリがあたしを見た。

「ちょっと待ってて」

あたしはガジャボに向かって手を振り、ユリの手首をつかんだ。

「こっち、くる！」

相棒を引きずり、あたしは路地の隅へと場所を移した。

「なんなのよお」

ユリは文句を言う。

「お黙り」あたしは一喝した。

「ここは重要なポイントよ」

「傭兵に誘われたってことが？」

「そう」声をひそめ、あたしは言った。

「誘われているのは、ここの領主の傭兵部隊」

「わかってるわ」

「傭兵は大陸中を旅しているから、いろんなことを知っている」

「ええ」

「もちろん、この町のあれこれにも精通している」

「だから？」

「絶好の機会よ。情報を集めるのには。行くのは、たぶん傭兵たちの詰所。入隊条件交渉のふりをして、そこでじっくりと話を聞くの」

「酒場でちまちまネタを拾うのよりは、効率がよさそうね」

「うまくいけば、ただ酒、ただごはんもありって感じ」

「でしょ」

「おいおい」

「傭兵だなんて、歓待してくれなきゃ、やる気にならないわ」

やる気になるのかよ。

と突っこむのは我慢して。

あたしはきびすを返した。

ガジャボの前に戻った。

「決まったわ」にっと笑って、あたしは言う。

「あんたたち、あたしたちの入隊交渉にきたのよね?」

「ああ」

ガジャボがうなずく。

「いーわよ。話だったら聞いたげる」

「聞くだけか?」

「とりあえずはね」不安げな表情のガジャボに、あたしはウインクで応じた。

「あとは中身次第。うちらは、お安くないのよ。生命力だって、半端じゃないし」

「…………」

「で、これからどうするの？」

「さしつかえなければ、俺たちと一緒にきてほしい」

「どこへ？」

「傭兵の駐屯地だ。町の西端にある」

おっとぉ。ばっちしだわ。予想大当たりぃ。

「いますぐでもいいか？」

「そうねえ」

あたしは少し間を置いた。ユリと顔を見合わせたりして、ガジャボをじらす。

「どうなんだ？」

「オッケイ。行きましょ」あたしは両手を左右に広げた。

「どうせ、暇なのよ。あたしたち」

「ちっ」ガジャボは舌打ちし、苦笑した。

「かましてくれるぜ」

「勿体《もったい》はつけちゃうものなの」

「やれやれ」

笑い声が響いた。空気が一気になごんだ。作戦成功、つかみは完璧。

あたしたちは傭兵の駐屯地へと向かった。

3

「そこの角を右に曲がるんだ」

ガジャボが言った。

曲がると、視界が少し広がった。西の外れ。本当に町の端っこである。あと少し進んだら、町の城壁に突きあたっちゃうわ。いわゆる下町ってやつで、さすがにスラム街というほど荒れてないけど、それでも、このあたりの家並みは相当に古びている。おそらくはベッサムという町が築かれたときの住居なのだろう。となれば、少なく見ても築五十年以上だ。設定的には。

その家並みが、とつぜん途切れた。途切れて、丸太で組まれた丈高い柵が出現した。視界が広がったと思った直後である。

城壁に行き当たったのかしら。あたしはそう思ったが、それにしては貧弱な柵である。

「着いたぜ」

ガジャボが正面を指差した。

その指の先にあるのは。

丸太組の柵だ。

よく見ると、その一部が扉状になっている。丸太が新しい。造りがすっごく雑。適当に丸太を積んで、適当に金具で留めただけって感じである。

「急ごしらえの柵だ」ガジャボが言った。

「俺たちがきたときは、ちょっとした段差以外、何もなかった。ここから向こうが、いきなり駐屯地になっていた」

「抗争が激化して、あわてたのね」

あたしが言った。

「石船から一発くらったんだ。威嚇だけで何もしないと思っていたら、油脂弾を落とされた。それで食糧倉庫が一棟、丸焼けだ」

「石船相手だったら、こんな柵は無力よ」

「気は心ってやつだな」

「契約するかどうかで、悩んでしまうエピソードね」

あたしは肩をそびやかした。

柵に沿って少し歩くと、扉があった。門と呼びたいが、そんなたいそうなものではない。大型聖獣が体当たりしたら、それだけで破られる。

扉の両脇には、闘士がふたり、歩哨として立っていた。ふたりとも、上着やシャツにジェムをいくつもぶらさげている。

「ご苦労さん」ガジャボが歩哨に声をかけた。

「異状はないか？」

「ないねえ」

歩哨は首を横に振った。ものものしいわりに、緊張感、あまりない。

「助っ人を連れてきた」ガジャボは言葉をつづけた。

「強いぞ」

「そいつはうれしいな」

歩哨のひとりが扉をあけた。

あたしたちは駐屯地の中に入った。

おや。

ちょっと驚いた。

入ってすぐのところに、でっかくて頑丈そうな石造りの建物がでーんといすわっている。これは防御壁というか要塞というか、そういうものを兼ねているのだろう。扉を突破されても（間違いなく、一撃で突破される）、これで敵の侵入をいったん止めることができる。この建物は急造の柵や扉なんかより、はるかに堅固だ。しかも、弩《いしゆみ》などの飛び道具も備えているみたいで、銃眼が壁面のそこかしこに口をあけている。

まっとうな軍の基地じゃない。これってば。

ガジャボに先導され、建物の横にまわった。

低いアーチ状の通路がある。そこを抜けた。

中庭にでた。

あらま。

また驚いた。

中庭だ。広い。ざっと見て、三百メートル四方くらいは十分にある。へたな競技場レベルの広さだね。ベッサムという町の大きさを考えると、これは信じられないくらい贅沢な敷地面積だ。

十数人の闘士が、そこにいた。

みんな聖獣を呼びだして模擬闘戯をおこなっている。この中庭、どうやら演習場がわりに使われているらしい。あちこちにクレーター状のくぼみがあるのが興味深い。かなり激しい模擬闘戯をしているってことだ。このレベルになると、ぜんぜんレジャーではない。もうひとつの人生をマジに生きている。というか、本来の人生より絶対に真剣だ。

断言しちゃう。

「男女は半々くらいね」

ユリがつぶやいた。

「聖獣闘戯は闘士の体格や膂力《りょりょく》が関係しないからな」ガジャボが言った。「聖獣の選び方、使い方、それに駆け引きの優劣で勝負が決まる。俺と……」

「ユリよ」あたしが言った。

「魔法少女のユリ。でもって、あたしは戦士のケイ」

「ユリが戦ったときのように……」

「また新入りがきたの？」

ガジャボの言葉がさえぎられた。横から声をかけられた。女の声だ。

「違う。新入り候補だ」ガジャボが振り返り、応じた。

「これから、本格的に勧誘する」

「がんばってほしいわ」

女闘士が、あたしたちの前にやってきた。三十代前半くらいで、ちょっと目つきが鋭い。リアルだと、ばりばりの管理職って感じね。WWWAにもいる。こういう上司。

「あなたたちかしら？　ガジャボが連れてきたのは」

女闘士が訊いた。

「まあ、そんなところね」

あたしが答えた。

「わたしはラドナ。ここの隊長よ」

「よろしく」

握手をかわした。ユリも横から腕を伸ばしてきた。アーシュラは何もしない。ただぼおっと突っ立っている。中身がムギだから、これはどうしようもない。

「ここんとこ、順調に傭兵が増えているの。きのうも若くて生きがいいのが三人、入隊したわ。戦力はいくらあっても足りないくらい。だから、あなたたちもぜひ入って！」

ラドナの瞳がきらーんと光った。女隊長、押しが強いぃぃぃぃ。

「で、どう説得するの？」

ラドナは首をめぐらし、ガジャボを見た。

「兵舎に連れていく。それから飯と酒をふるまって、一晩中口説く」

「王道ね」

ラドナはにこっと笑った。本当かよ。

「というわけだ」ガジャボが、あたしたちに向き直った。

「兵舎に行く。こっちにきな」

あごをしゃくった。

「ガジャボ、しっかりね」

ラドナが手を振った。うーん、やはりマジではやっていない。この雰囲気は、あくまでも「ごっこ」だ。

ガジャボのうしろにくっつき、中庭を横切った。ガジャボの仲間（あとで、かれの小隊の部下だとわかった）も、あたしたちにつづいた。

兵舎は中庭の右手にあった。これも石造りの建物で、三階建てだ。五棟並んでいる。外観は、どれも同じ。そのいちばん西側の建物に、あたしたちは案内された。

「五号棟だ」ガジャボが言った。

「ここの最上階に俺の部屋がある」

三階まで、階段であがった。エレベータなどという便利で快適な設備はない。

木製のドアに三十三号室と書かれている。

それがガジャボの部屋だった。

中に入ると、思ったよりも広い。

「こいつは小隊長の部屋なんだ」

ガジャボは、あたしとユリを奥へと通した。部下たちはついてこない。

「つまり、下っぱよりは待遇がいいのね」

あたしが言った。

「そういうこと」

突きあたりがリビングルームだった。でかいテーブルと椅子。それに衣装棚なんかがある。整理整頓が行き届いていて、ぜんぜん散らかっていない。間違いなく、これはユリの部屋よりもきれいだ。

「適当にすわってくれ」ガジャボが言った。

「いま、食い物を調達している」

そうか。それで部下たちの姿が消えたんだ。

あたしとユリは椅子に腰を置いた。アーシュラはすわらない。あたしたちの背後にひっそりとというか、うっそりと立つ。かなり邪魔っぽいけど、これはいつものことだから、諦めてもらう。

「とりあえず乾杯だ」

酒のボトルとグラスがでてきた。グラスに、琥珀《こはく》色の酒をガジャボがなみなみとそそぐ。そそいでから、あたしたちの正面の椅子に腰かけた。

「かんぱーい！」

何に乾杯かは知らないが、グラスをぐっとあけた。

「ぷはーっ」

お酒、よく冷えていてうまい。どうやって冷やしているのかはわかんないけど、それを詮索するのは野暮だ。

もう一杯、酒がグラスにそそがれた。あたしのすぐ横に窓がある。窓の外には演習場がわりの中庭がある。もう夕方だっていうのに、まだ何人かの闘士が模擬闘戯をやっている。

「?」

あたしの目がおかしなものを捉えた。

中庭の真ん中だ。

へんなオブジェみたいなものが置かれている。

彫刻?

岩の塊に似ているが、明らかに人工物だ。美術館に行くと、やたらとそこらじゅうに転がっているやつ。意味不明の形状で、黒光りしていたりする。裸婦像とか、戦士像とか、そういうわかりやすい彫刻ではない。いわゆる抽象物体だ。でも、演習場の真ん中に、そんなものはふつー置かない。聖獣闘戯をやったら、壊しちゃうよ。

「どうした?」

あたしがあらぬ方角を見ていることに気づき、ガジャボが訊いた。

「あれ、なに?」

あたしは窓の外を指差した。

4

「あれ？」窓に向かい、ガジャボが身を乗りだした。

「あれって、なんだ？」

「あの彫刻だか、オブジェだか、なんだかわからないものよ」

あたしは椅子から立ちあがり、窓際に進んだ。

「ああ、あれか」ガジャボも立って、あたしに並んだ。

「あれは、古代の遺跡だ」

「遺跡？」

「この駐屯地は、もともと領主の館だったんだ」

「へえ」

「演習場にしている中庭は、本物の中庭だ。そこに、もともと遺跡があった。言い伝えとか、いわれとか、そういうものがまったくない遺跡だったが、この世界、遺跡があるってことは、それだけでなんらかの意味を持つ」

「たしかにね」

あたしは小さくあごを引いた。

「神聖アキロニア帝国との悶着が起きたとき、ジャノ・メッセルは館の半分をつぶして傭兵の駐屯地にした。だが、遺跡には手をつけなかった。そのまま中庭として残し、整地して宿舎を建てた」

「調査はしたのかしら？」

ユリが訊いた。ユリは、ひとりでお酒をぐびぐびとあけている。こやつ、すっかりくつろいでしまったね。

「もちろん調べた。俺がくる前のことだから詳細は知らないが、遺跡のまわりを掘り返し、かなり徹底的に調査したらしい」

「結果は？」

「なーんにもなしだ」あたしに向かい、ガジャボは両手を軽くひらいた。

「本当に遺跡なのかどうかもわからなかった。というか、あれはどう見ても岩だ。加工されてはいるが、ばかでかい岩の塊だ。それが、地中深く埋まっている。外にでているのは、そのごく一部で、全体像は見当すらつかない。バーバリアン・エイジのテクノロジーだと、調べるのはこれが限度だな。岩塊の内部スキャンなど夢のまた夢だろ」

「ありえないわね」

「結局、掘った穴を埋め直して調査は終わった。おまえたちはこの町に隠されているという強大な力ってやつの話を聞いたか？」

「聞いたわ」

「領主は、あの遺跡がそれに関係しているかどうかを確認したかったのだ。が、それは無理だった。手懸りとかヒントとか、得体の知れないアイテムとかも皆無だ。何ひとつでてこない。噂だが、魔導士を呼んで、あの遺跡の前でありとあらゆる呪文を唱えさせるってことまでやったんだぜ」

「それ、あたしもやってみたい」

ユリが言った。ちょっと舌がもつれている。

「かまわないぞ」ガジャボが言った。

「ただし、入隊してからだ。外部の者にそういうマネはさせられない」

「条件、厳しー」

ユリは唇をとがらし、ぶうたれた。

ドアがひらいた。

「お待たせしました」

男が三人と女がひとり、計四人の男女がどどどっと入ってきた。

四人とも、両手いっぱいに大皿をかかえている。皿の上には調理したての肉と野菜が山盛りだ。食欲をそそる香りが部屋全体に漂う。ううう、うまそー。

「存分に召しあがってください」

大皿がテーブルの上にどんと置かれた。

「いただきまーす」

あたしが席に戻る前に、もうユリが肉の塊にかぶりついている。早っ。いつもはとろいのに、こういうことになると、異様に俊敏だ。恐るべし。魔法少女。

あわてて、あたしも席についた。とりあえず、遺跡のことはもうどうでもいい。

「おまえたちも食え」

ガジャボが皿を運んできた四人に向かい、言った。このテーブルはめちゃでかいから、十人以上が楽に同席できる。椅子の数もそのくらいある。

「そういえば、きのう入った新入りがいたな」

肉の塊を手に把《と》ったガジャボが、思いだしたように言った。

「若くて生きのいいやつが三人でしょ」あたしがつづけた。

「ラドナが言ってたわ」

「そいつらも呼んでこい」部下のひとりの肩を、ガジャボは軽く叩いた。

「今夜は宴会だ。ついでだから、そいつらの歓迎会もやる」

「はっ」

言われた部下が席を立った。

――数分後。

どたどたと帰ってきた。

「小隊長」ガジャボを呼ぶ。

「呼んできました」

「はあい」

「ういっす」

「……………」

三人の男がガジャボの部下につづいて、ちゃらちゃらちゃらちゃらとリビングに入ってきた。

ちゃらちゃらちゃらちゃら。

そうである。

先頭に立っている闘士の全身から、その音が響いている。

ボディピアスだ。

髪がレッド、イエロー、グリーンの三色に染め分けられている。身につけているのは黒エナメルの極細パンツと、短上着で、履いているのも、やはり黒エナメルのブーツだ。

そして、露出した肌のほとんどすべてが、かぞえきれないくらいたくさんのボディピアスによって隈なく埋めつくされている。

ちゃらちゃらちゃらちゃら。

ボディピアス同士が互いにぶつかり合う。甲高い金属音がひっきりなしにつづく。

うるさい。

すごく耳障り。

「食事。食事。食事」

低くて太い声が、ピアスの金属音に重なった。

ふたりめの闘士は、とんでもないでぶだった。

巨大な肉の塊である。身長はそんなに高くない。百七十センチ前後かな。ボディピアス野郎に十センチ以上足りない。

問題は横幅だ。はっきり言って、身長と同じくらいある。体重は、たぶん二百キロオーバーだね。これで床が抜けないのは一種の奇跡よ。ジャマール神のご加護かも。

「…………」

最後に入ってきたのは、小柄な痩身の闘士だった。頬がこけ、目だけが異様にでかい。髪はブロンドで肩までの長さ、ゆるくカールしている。ふたりめが三重顎に細い目で完璧なムーンフェイスだったから、その違いがやけに際立つ。ふたりをつづけて見ると、同じ人類とはとうてい思えない。どっちかがべつの生物である。

「きたな」

ガジャボが手を挙げ、三人の闘士を迎えた。

「歓迎会ですってね」ボディピアスが言った。

「うれしいわ」

おねえ言葉である。

でぶは、目が肉の塊に釘づけになっている。口もとからはよだれ。

「早く食わせろ」

瘦身は何も反応しなかった。無言のまま、テーブルの脇にまっすぐ立っている。から
「………」

だじゅうに、やな気配があり、その姿を見ているだけで背すじがぞくっと冷える。この
気配、明らかに殺気だ。

なんなんだよ、こいつら。

「紹介しよう」ガジャボがほがらかに言った。

「きのう、あらたにわれらの同志となったリュアレ、フテン、デューザだ」

三人の闘士を、ガジャボはあたしたちに示した。ボディピアスがリュアレ、でぶがフテン、瘦身がデューザである。

「こちらは魔法少女のユリと、戦士のケイ。ふたりとも、もちろん凄腕の闘士だ。しかし、まだ入隊はしていない。これから口説く」

三人に、あたしたちを紹介した。

「そう。凄腕なの」値ぶみするような目つきで、リュアレがあたしとユリを交互に見た。

「よろしくね」

右手を軽く振った。

フテンが肉を素手でつかんだ。返事をもらう前に、食べはじめた。

「食べていいかな?」

デューザは、依然として反応しない。ようやく椅子に腰かけたが、そっぽを向いていて、あたしたちを見ようとするそぶりすらない。

「………………」

「デューザのことは気にしないでね」身をくねらせ、リュアレが言った。

「かれ、無口で人見知りなの。でも、怒っているとか、そんなんじゃないのよ」

はいはい。承知しました。ったく、このパーティは奇人変人の集合体だよ。よくもまあ、こんなのを雇ったね。どうせ隊長のラドナが自分ひとりの裁量で決めたんだろうけど、何も知らずにコナンだけ支払っている領主が見たら、腰ぬかすよ。

「よーし、顔ぶれがそろった」ガジャボの声がひときわ高くなった。

「いまから無礼講だ。がんがん飲もう。がんがん食おう」

「おかわりぃ」

フテンが叫んだ。

すでに大皿のほとんどが、からになっていた。

5

酔いつぶれた。

途中から、意識がなくなった。

結局、どんちゃん騒ぎになった。ひたすら飲んで、食って、はしゃぐ。情報収集？

それなあに？　状態である。何も聞きだせなかった。ただただ馬鹿話がえんえんとつづいた。とくにリュアレの飛ばしっぷりがすごかった。最初から最後まで、なんかしゃべっていたね、あいつは（もしくは、けたたましく笑っていた）。その一方で、デューザはとうとう一言も口をきかなかった。フテンは食うか飲むかどちらかで、言葉を発する余裕がなかった。

で、気がつくと、あたしはリビングルームの床に転がっていた。

酔いは醒めていないが、とりあえず、目は覚めた。

喉が渇いている。

水がほしい。

たしか、リビングのどこかに水の壺があったはずだ。二十リットルくらい入って、入れておくと、なぜか水がきんきんに冷えてしまう不思議な壺。ガジャボの部下が宴会の途中に持ってきてくれた……はず。

上体を起こし、四つん這いになって、あたしは床の上を進んだ。部屋の中が暗い。バーバリアン・エイジの世界に発光パネルや電灯などは存在しない。しかし、実際にはいつまでも燃えつづける松明や、ランプ、ほのかな光を放つ土壁といった形で、必要十分な明るさの照明が提供されている。それらは呪文を唱えることで光度の調整が可能だ。リビングが暗いのは、誰かが消灯呪文を唱えたということだ。たぶん、ガジャボだろう。もっとも、真っ暗ではない。壁がかすかに光っていて、人の顔くらいなら、なんとか見分けることができる。

あたしのすぐ横には、ユリが倒れていた。からだを丸め、実にもう平和そうな顔をして、からになった大皿を抱きしめている(なぜ大皿?)。

壁ぎわにはアーシュラがいた。こちらはただ立っているだけだ。一種の彫像である。そこにいるというだけで、それ以上の意味はいまのところない。

ゆっくりと周囲を見まわしてみた。

ガジャボが仰向けにひっくり返っている。テーブルの下や椅子の脇に、かれの部下も転がっている。

「ん?」

なんか、足りない。

なんだっけ?

そうだ。

新入隊の三人組だ。あの超個性的な変態集団。あいつらの姿がない。

どっか、べつの部屋にいるのだろうか。

探してみた。

いない。

寝室にも、トイレにもいない。

気配を感じた。

なんか、おかしな気配だ。この気配は……。

外だ。

窓の向こう。演習場を臨む例の窓ね。テクノロジー考証的にはへんだけど、けっこうでかくて、ちゃんと窓ガラスもはまっている。

あたしは、窓の前に進んだ。

窓をあけた。

真夜中である。外は闇に包まれている。

と思っていたが、それほどでもない。いざというときに備えているのだろう。演習場のそこかしこで篝火《かがりび》が燃えている。さすがに昼間並みとまではいかないが、局所的には、そこそこの視界が確保されている。なによりも、演習場の中心にあるあの遺跡がライトアップされているのがいい。夜間演習するとき、ぶつからないようにするためかしらん。たしかにあれは、邪魔といえば邪魔。常に見えるようにしておいたほうがいい。

人影が見えた。

闘士だ。ふたり。歩哨として、駐屯地の中を見まわっている傭兵たちだね。挙措でそれがわかる。ふたりとも、右手に松明《たいまつ》を握っている。何があっても絶対に火が消えない松明だ。おまけに、炎に触れても、やけどしない。

ふたりが、何かに気づいた。右手に向かって首をめぐらした。もちろん、あたしもそっちに目をやる。

闇の中から、新しい人影があらわれた。

今度は三体だ。横一列に並んでいる。背が高いやつ。かなりのおでぶ。そして小柄で細身の影。

これってば。

新入りの三人組！

なんで、あんなとこにいるのよ。

背すじがざわついた。すっごくいやな予感がする。

反射的に印を結び、呪文を唱えた。あたしの場合、ジェムにまったく触れていなかったら、必ずジンガラが召喚される。

　ユリの胸もとで光が弾けた。王家のペンダントの宝玉が光った。

「どうしたのである？」

　ジンガラがでてきた。幼生体だ。ミニドラゴンの姿である。ぱたぱたと羽ばたき、窓際で釘づけになっているあたしの右横にきた。

「様子がへんなの」あたしは小声で言った。

「さっきまでここにいた新入り闘士の三人が演習場をうろついている。こんな夜中に」

「なるほど」

　あたしとジンガラは、演習場の真ん中あたりを凝視した。

　歩哨のふたりが身構えた。松明を正面に向かって突きだした。その先には、例の三人組がいる。

　ふたりの前に三人組が立った。あたしは必死で瞳を凝らす。

「何か言っているのである」ジンガラが言った。

「ボクは目がいいのだ」

　そりゃ、助かる。ついでに唇を読んでよ。

「夜中に出歩くな」本当に、ジンガラは歩哨の唇を読んだ。

「さっさと宿舎に戻れ」

　と、歩哨の言葉をジンガラが復唱したつぎの瞬間。

「！」

ふたりの歩哨がのけぞるように身を伸ばした。

「ぐわっ。ぎゃっ」

ジンガラは悲鳴まで中継する。律儀な。

「かまっぽいやつである」ジンガラが言を継いだ。

「あいつが何かを投げた」

悲鳴をあげ、ふたりの歩哨がくたりと崩れた。崩れて、姿が消えた。

強制送還だ。

一撃で生命力をゼロにされた。

ななななな、何をしたのよ？ どんな攻撃をいきなり仕掛けたのよ？

音は聞こえないけど、演習場がにわかに騒然となった。

闇に隠れて見えなかったが、演習場にはけっこうな数の歩哨が立っていた。当然である。いまは神聖アキロニア帝国相手に戦争がはじまるかどうかってときなのだ。宿舎ではのんきに宴会なんぞしていても、駐屯地全体としては臨戦態勢をとっている。不寝番は十人二十人じゃきかないだろう。

四方から人影が飛びだしてきた。

演習場の真ん中めざし、殺到する。非常事態は明らかだ。

リュアレが印を結んだ。シルエットではわからないが、呪文も唱えている（はずだ）。

聖獣が出現した。

「エルコンドル」ジンガラが言った。

「大型の猛禽聖獣である」

「冗談じゃないわ」

あたしはきびすを返した。こうなったら、もはやのほほんと窓ごしに見学している場合ではない。

「起きろ！　ボケ女」

まず、ユリを叩き起こした。

「だめえ。おなかいっぱい」

大皿かかえて、寝ぼけるなあ。

ボケ女のあごに、鮮やかな蹴りをプレゼントした。

「いったーーーい」

ユリが跳ね起きた。

「小隊長も寝てるんじゃねえ」

ガジャボの額には、かかと落としを見舞った。

「げぼっ」

頓狂な声を発し、ガジャボも飛びあがった。

「あにすんのよ」

「何しやがる」

「それどこじゃないわ！」文句をほざくふたりに対し、あたしは一喝した。

「外がたいへんなことになってる」

窓を指差した。

「たいへん？」

「外？」

ユリもガジャボもきょとんとなり、あたしの顔を見た。

「照明はつけないで」あたしは言葉をつづけた。

「暗いまま、こっちにきて演習場を見るの」

「………」

ふたりがきた。騒ぎのとばっちりで、ガジャボの部下も目を覚ました。一緒に窓際へとやってきた。

見る。

「なにっ！」

全員の顔色が一瞬にして変わった。

ついでに、あたしの頬もひくひくとひきつった。

ちょっと目を離している間に、状況はさらにすさまじいことになっていた。

炎が乱れ飛ぶ。

風がごうごうとうなる。

水が渦を巻いて躍る。

暴れまわっているのは。

十数体にも及ぶ聖獣たちだ。

あぜーん。

みんなまとめて、声を失った。

6

「犯人は、あいつらよ」

ややあって、あたしが言った。ようやく声がでたという感じだ。

「あいつらって」ユリが演習場の右手を指差した。

「ここにいた三人組でしょ」

声が裏返っている。

「どういうことだ？」

ガジャボがあたしを見た。

あたしは何が起きたのかを早口で語った。

「信じられん」ガジャボは小刻みにかぶりを振った。

「あの三人がこんなマネをするとは」

「そうかなあ」

あたしは首をひねった。どう見ても、あいつら、おかしかったよ。すっごくやばそうな連中だったよ。

「で、どうするの？」ユリが訊いた。

「なんか、ここの傭兵部隊、ぼろぼろになってるみたいなんだけど」

げげっ。

あたしは、あわてて視線を窓の外に戻した。

三人の闘士が使える聖獣は、言うまでもなく三体だけである。対する傭兵部隊側は、どんどん人数が増えてきて、すでに二十人以上になっている。むろん、その二十人すべてが闘士で、それぞれが自分たちの聖獣を召喚した。

数の上では、圧倒的に三人組が不利である。

ところがどっこい。三人組の聖獣がめちゃくちゃ強い。

ごろごろごろと、巨大な球体がころがってきた。

いならぶ聖獣たちを、その球体が跳ね飛ばした。聖獣たち、いっせいに炎や電撃で攻撃するが、球体にはまったく効かない。

「アルマジーである」あたしの耳もとで、ジンガラが囁いた。

「全身が強固な鱗に覆われた四足聖獣である。戦うときはからだを丸め、でかいボールとなって地面を転がり、敵を薙ぎ倒す」

この聖獣を操っているのは？

フテンだ。

でぶである。なるほど。丸いやつは丸い聖獣を選ぶのね。

って、納得している場合ではない。

もう一体、もっとすごい聖獣が手前のほうで暴れ狂っている。

全身毛むくじゃらで、耳がおっきくて、鼻の長い聖獣だ。口に彎曲《わんきょく》した長い牙が二本、生えている。

「マンモス」ジンガラが言う。

「手強いぞ。あいつは」

エルコンドルがリュアレの聖獣で、アルマジーがフテンの聖獣だから、これは言うまでもなくデューザの聖獣だ。ドラゴンが「手強い」って言うなんて、尋常じゃない。一般的な基準からいったら、「とてつもなく強い」聖獣ってことになる。

マンモスが突進した。

数体の聖獣が、なすすべもなく蹴散らされていく。ぽんぽんと空中に飛ばされる。

うっひゃあ、強い。

中庭は大混乱に陥った。

つぎつぎと傭兵側の聖獣が殪《たお》されていく。傭兵たち、数だけは多いが、動きがでためだ。こうやって上から見ていると、それがよくわかる。指揮官がいない。駆けつけた傭兵たちは自分たちの判断で、それぞれの聖獣を呼びだした。要するに統制がとれていないのね。だから、たった三体の聖獣に、翻弄されまくっている。それに対して、三人組の聖獣の攻撃は完璧だ。ぴったりと呼吸が合っている。互いに互いをフォローし、傭兵側の隙を巧みにつく。傭兵たちは烏合《うごう》の衆だ。

「ちくしょう」ガジャボが体をひるがえした。

「ガース、トッポ、ピエール、ラミ、俺についてこい」

あごをしゃくり、部下たちに声をかける。

「行くの？」

あたしが訊いた。

「こんなとこで、見物してられるか」

足音高く、ガジャボはリビングから飛びだした。

「あたしも行く」

「あーん、あたしもぉ」

四人の部下がガジャボのあとにつづき、そのうしろにあたしとユリが並ぶ。

廊下を抜け、階段を下った。

演習場にでた。

いきなり、眼前が明るくなった。

炎が広がっている。聖獣たちが吐き散らした炎だ。地面の上を炎が這っている。風の聖獣がまき起こす風が、その火勢を激しくあおる。この炎でやけどをするようなことはない……はずだが、それでも相当に熱い。

あたしの横で、ガジャボが呪文を唱えた。聖獣を召喚する。大蛇が出現した。

「ボアであるな」ジンガラが言った。

「スコルピオが、まだ回復していないのだろう」

ガジャボはボアの背中にまたがった。大蛇が炎に向かって進む。すっごい迫力。

ガジャボの部下たちも、つぎつぎと聖獣を呼びだした。

「手を貸す？」

ユリが、あたしに訊いた。

「少し様子を見よう」あたしは言った。

「うちらはまだ傭兵じゃないし、何が起きているのかも、まったくわかっていない。こんな状態で巻きこまれたら、とんでもないことになっちゃうわ」

「たしかに、そうね」ユリはうなずいた。

「問題は巻きこまれないで傍観しつづけられるかどうかだけど」

「そんときは、そんときよ」

あたしは視線をちらりと横に向けた。そこにジンガラが浮かんでいる。

「ボクがでると、さらにややこしくなるのである」

ジンガラが言った。

それは……そのとおりかもしれない。

しばらく、傭兵部隊対変態三人組の壮絶な聖獣闘戯を見物することにした。

オオカミの聖獣が、フテンのアルマジーに勝負を挑んだ。

フェンリルである。この聖獣とは、ちょっと前に戦ったことがある。動きが速くて、特殊能力も強い。鋭く尖った氷のナイフを吹雪とともに飛ばしまくるのが得意技だ。

フテンは聖獣チェンジをした。アルマジーではフェンリルをさばききれないと読んだのだろうか。

アルマジーが消え、代わって、イノッチがあらわれた。褐色の四足獣だ。太い剛毛に全身が覆われ、口に二本、長い牙が生えている。突進力がピカイチで、真横から体当たりされたら、マンモスでもひっくり返る。

イノッチとフェンリルが十メートル前後の距離を置いて、対峙した。イノッチは右前肢で演習場の土をがりがりとひっかいている。鼻息が荒い。頭を低く下げ、これ見よがしに牙を振りまわす。

イノッチがダッシュした。

フェンリルが吹雪をだした。イノッチ、気にしない。まっすぐに突っこんでいく。

エルコンドルがきた。エルコンドル、べつの飛行聖獣と戦っていたんだけど、そちらを簡単にあしらって、いきなり反転した。余裕ありまくりだ。数の差が、ぜんぜんハンディになっていない。

フェンリルの上に、エルコンドルが降ってきた。バディ、まったく気づいていなかった。完全な奇襲になった。

エルコンドルが翼を羽ばたかせ、風の渦をつくる。竜巻だ。その風がフェンリルの吹雪を乱した。

氷のナイフが、あらぬ方向に飛んでいく。フェンリルの特殊能力は役に立たない。無力化された。

そこに、イノッチがくる。牙を突きだし、フェンリルの肩口に激突する。

この一撃で、勝敗が決した。

フェンリルが吹き飛び、消えた。ダメージを受け、闘士がひとり、苦悶している。その背後にフテンが駆け寄った。でぶで足も短いのに、なぜかこういうときだけ動きが速い。

「ジャーンプ！」

一声叫んで、フテンが跳んだ。丸いおなかが、闘士を圧しつぶす。

闘士が消えた。

強制送還である。この圧殺攻撃で、闘士の生命力がゼロになった。

「えっぐー」

ユリが顔をしかめた。本当に、この攻撃はえぐい。

聖獣同士の戦いの場が、じょじょに演習場の端のほうへと移っていた。傭兵側の闘士たちも、それにつれて隅っこに移動している。

「なんか不自然ね」

あたしは首をかしげた。三人組だけは演習場の真ん中に留まっている。遺跡の前だ。その近くにいた闘士は、すべて殪され、強制送還となった。聖獣だけではなく、バディも消してしまうのには、何か理由があるらしい。遺跡のまわりに自分たち以外の者がいるのがいやだとか。

「行ってみよう」ジンガラが言った。

「あいつら、何かやる気だ」

　そおっと近づいた。堂々と行ったら、もろに見つかって戦うことになる。いま、それはちょっと避けたい。何をするのか、見せていただくだけでいいのだ。戦うかどうかは、状況を見た上で決める。

　三人が、遺跡に登りはじめた。ライトアップはもうおこなわれていない。というか、照明灯代わりの篝火が、闘戯に巻きこまれてひっくり返った。でも、大丈夫。そこらじゅうで燃えさかっている炎が、立派に遺跡の周囲を明るく照らしだしている。

　高さ七、八メートルはあろうかという岩の塊のてっぺんに、三人がよじ登った。ひとりフテンだけが苦戦していたけど、なんとかリュアレに引きあげてもらった。そのあいだも、それぞれの聖獣たちは、演習場のどこかで勝手に闘戯を繰り広げている。

　三人が、遺跡のいただきに立った。

　いっせいに印を結んだ。

　呪文を唱える。あたしたちから遺跡までの距離は、百メートル弱。近づいたとはいえ、まだまだ遠い。だから、どんな呪文を唱えているのかはさっぱりわからない。

　呪文が終わった。

その直後だった。

地鳴りが聞こえた。

大地が揺れた。

ごごごごご。

「なにこれ？」

ひきつった表情で、ユリがあたしを見た。

揺れが少しずつ大きくなる。

ユリより、あたしが訊きたいよ。

「なにこれ？」

7

地表が割れた。

遺跡の大岩を中心にして、放射状にひびが走った。

地鳴りがうるさい。ごうごうと咆えている。地面が波打ち、気を抜くと、足もとをすくわれそうになる。

岩が光った。

白い閃光を四方に放った。

まぶしい。

光が強くなる。おさまらない。周囲がどんどん真っ白になっていく。

この光は。

聖獣召喚？

いや、しかし、そんな……。

光っているのは、遺跡の岩である。ジェムではない。まさか、あの岩の中にジェムが隠されていた？

光が動きはじめた。

というか、動きだしたのは、岩だ。巨大な岩の塊が、白い光を放散しつつ、ゆっくりと蠢いている。

それは、絡み合ってる何ものかが次第にほぐれていくという感じの動きだ。

でも、あれって岩なのよね。生き物じゃないのよね。

見た目、すっごく気持ち悪い。白く光っているから、さらに異様。

「あれ、岩じゃない」

つぶやくように、ユリが言った。

「そうだ」ジンガラが言葉をつづけた。

「あれは聖獣である」

「嘘でしょ」

あたしの頬がひきつった。

「謎の強大な力。それは聖獣だ」ジンガラの声が淡々と響く。

「知識が甦る。情報が流れこんでくる。封印聖獣という言葉が脳裏に浮かぶ」

「封印聖獣？」

あたしはジンガラを見た。

「聖獣の失敗作だ。──もしくは絶対的な真の聖獣」

「なに言ってんの？」あたしは小さく首を横に振った。

「ぜんぜんわからない」

「はるかなむかし、ドラゴンの眷属《けんぞく》として生まれいでた聖獣が何体かいたのである。それは、狂暴な聖獣だった。あまりにも強く、あまりにも猛々しい。ときにはバディと通じることを拒み、思いどおりにならぬとなれば、バディを襲って殺してしまうこともしばしばあったという」

「ドラゴンの眷属って、あんたの仲間？」

「似て非なるものだ。ほんの気まぐれで、神がつくりだしてしまったのかもしれない」

「そんな気まぐれ、取り消してよ」

「取り消した。存在してはならぬと神は言い、その聖獣を石に変えて封印した」

「要するに、遺跡と呼ばれていた岩の塊が……」

　ユリが言った。

「封印された聖獣そのものだった」

「あの三人、その封印を解いたの？」

　あたしは、白く光る遺跡に向き直った。いつの間にか、三人は遺跡の上から地上に降りている。降りて、遺跡を囲むように立っている。呪文の詠誦は、まだ終わっていない。右手を高く挙げ、恍惚の表情を浮かべて、三人とも光のオブジェを凝視している。

「右手に何か持っている」

　ユリが叫んだ。

　あたしは、瞳を凝らした。

　ユリの言うとおりだった。三人は、突きだした右手に何かを握っていた。それが何かは、すぐにわかった。

　黄金色の宝玉。

　ジェムだ。

　光の塊が分裂した。

三つに分かれ、空中に舞いあがった。

でかい。ひとつの塊が直径二十メートルくらいある。

ふたつが地上に落ちた。ひとつは空中に残った。

輪郭が歪む。光がうねうねと揺らぎ、あらたな形をなしていく。

それは、まぎれもなく生き物の形。

聖獣だ。

超弩級。ドラゴンにも匹敵するスーパー大型聖獣。

「なんなんだ？　あれは」

ボアの背に乗ったガジャボが、あたしの横にきた。

「逃げて！」反射的に、あたしは怒鳴った。

「ここからすぐに逃げて。ここにいたら、やられる。あんたの生命力なんか、あいつの鼻息をくらっただけで吹き飛んでしまう」

「し、しかし」

「いいから、逃げるの！　あいつと戦えるのは、あたしたちだけ。あんたがいたら、足手まとい」

あたしが言った、そのつぎの瞬間。

三つに分かれた白い光の塊が、いっせいに三人組の持つジェムの中へと吸いこまれた。

光が消える。すうっと失せる。

と同時に。

三人組はそれぞれが操っていた聖獣をジェムに戻した。

マンモス、エルコンドル、イノッチ。

消滅した。

聖獣チェンジ。

あらためて、三人組の手の中でジェムが白く輝いた。封印され、遺跡の岩と化していた聖獣たちを、たったいまその裡《うち》へとおさめたジェムだ。

「くっ」

あたしも印を結んだ。結んで、呪文を唱えた。

ジンガラをあるべき姿に戻す。

完全体のドラゴンに。

封印聖獣が復活する。

ジンガラが巨大化する。

想像を絶する光景が、演習場の真ん中に現出した。

「悪い冗談、やめてよ」

ユリが言った。心なしか声がかすかに震えている。

その目は、眼前にあらわれた三体の聖獣に釘づけだ。

あたしも、ちょっとびびっている。

だって、その聖獣。

どう見ても恐竜なんだもん。

なるほど。ドラゴンの眷属だ。でもって、たしかに似て非なるものだ。

一体は二足歩行の肉食恐竜。ティラノザウルスである。

もう一体は、トリケラトプス。大型の四足恐竜だ。全身がぶ厚い鎧のような皮膚に覆われていて、顔面には鋭い角が三本も生えている。

そして、最後の一体は飛行恐竜だった。

プテラノドンである。蝙蝠に似た姿だが、首から上がぜんぜん違う。くちばしが細長い。後頭部も尖っている。おまけに、おっきい。ものすごくおっきい。

「とりあえず、うしろに下がっているのである」

本来の姿に戻ったジンガラが、あたしに声をかけた。ジンガラはあたしの右手上方に浮かんでいる。

「三対一よ」

あたしは言った。

「ああ。ティラーノ、ケラス、ケツァル。封印聖獣の勢揃いだ。どっちかというと、わくわくするのである」

「勝てるの？」

「当然である」ジンガラはにっと笑った。

「ジンガラ様に対して失礼な質問だな」

「聖獣の中の聖獣。無敵のドラゴンだったわね」

「わかっているのなら、よろしい」

「まさか、封印聖獣が恐竜だなんて、思ってなかった」

「せこいマネをするのである。最強聖獣を持ちだしてきた。もちろん、簡単なことである。システムに介入できるのだから、向こうはやりたい放題だ。それでもバーバリアン・エイジのルールに合致させるため、体裁だけは、封印聖獣の解放などと取りつくろった。とんだ茶番劇である」

「茶番劇でも、恐竜は恐竜よ。しかも、三体」

「どれほどのものか、楽しみである」

すうっと、ジンガラが前にでた。

「ユリ、アーシュラ」

あたしは、あたしのパーティに呼集をかけた。

「ジンガラ、やる気満々ね」

ユリがきた。魔法バトンをかまえ、自分こそやる気満々である。そのうしろに立つ戦士アーシュラも、大太刀を抜き放って、全身に殺気を色濃く漂わせている。

「うちらはバディを狙う」あたしは言った。

「伝説によると、封印聖獣はけっこう気むずかしいみたい。それなのに、あいつらは一発勝負で聖獣をチェンジした。それが吉とでるか凶とでるか、ちょっとたしかめさせていただくわ」

咆哮が湧きあがった。

三体の封印聖獣が、いっせいに威嚇の声を張りあげた。

それはもうめちゃくちゃうっさい。

空気がびりびりと震えた。

耳がきいんと鳴る。

「なんなのよお」

ユリはぶんむくれ、両手で耳をふさいだ。

アーシュラとジンガラは意に介さない。

ジンガラが間合いを詰める。封印聖獣に向かい、平然と近づいていく。

三人組が動いた。バディとして、封印聖獣を操る。

「お行き！」

最初に命令を発したのは、リュアレだった。ボディピアスをちゃらちゃらと鳴らし、身を大きくくねらせた。

その言葉に反応したのは。

プテラノドン。

ケツァルだ。

8

なるほど。

エルコンドルで飛行聖獣に慣れているリュアレが、ケツァルをとった。それなりに考えているわね。

と、感心している状況ではなかった。

ケツァル、いきなりジンガラめがけて突っこんだ。

速い。

一回まばたきしたら、もうケツァルがジンガラの真正面にいた。ドラゴンのスピードって、ぜんぜん尋常じゃないけど、ケツァルのそれは桁違いだ。

口をひらいた。

火を吹くのか？　それとも電撃。

「！！！」

音だった。

超音波砲。

人間の耳では音として認識できない周波数。でも、その衝撃はどかんと伝わってきた。

「があっ！」

ジンガラが衝撃を浴びてのけぞった。

はじめてだ。こんなジンガラを見るのは。

びりびりびり。

衝撃が地上にも届く。不可視の壁が連続してぶつかってくるようなショックがある。

ジンガラの高度が下がった。

それをケラスが待っていた。

こいつがまたばかっ速い。

どどっとダッシュした。脚四本は、脚二本の倍だかんね。二足歩行の生物の倍は速い。たぶん。

地面に叩きつけられる直前で、ジンガラは翼を羽ばたかせ、体勢を立て直した。

そこへケラスが躍りこんだ。

鋭く尖った角が三本、ジンガラの腹部を直撃した。

「ごふっ」

鮮血が散る。

ジンガラのおなかが、ケラスの角に裂かれた。

なんなの、このリアルな表現。バーバリアン・エイジの戦いで血を見ることなんて、一回もなかったわよ。

「甘い！」

ジンガラが後肢でケラスを蹴とばした。ケラスは跳ね飛び、地表を滑走した。

「砂糖に蜂蜜をかけたような甘い攻撃である」ジンガラはケツァルとケラスを交互に睨みつけた。

「こんなものは傷ですらない」

右前肢で、ジンガラはおなかの傷口を撫でた。すると、あら不思議。傷が一瞬にして消え失せた。そうか。ドラゴンは自己回復能力を持ってるんだ。すごいけど、それって少しずるい。でも、味方だからいいや。

「ぐぎゃおおおおお！」

割れ鐘が百個くらい乱打されたような、けたたましくて小汚い叫び声が、唐突に響き渡った。

ジンガラの背後だ。

そこになぜか、ティラーノがいる。

どうして？　いつきたの？

はたで見ていたあたしですら、まったく気がつかなかった。とーぜん、ジンガラも知らなかった。完全に虚を衝かれた。

ジンガラが体をめぐらす。

そのタイミングに合わせ。

ティラーノが大口をひらいた。

とんでもなくでかい口。それを全開にした。

がぶっ。

ジンガラの首に嚙みつく。

へえ、自己回復能力あるのか。小さい傷なら瞬時に癒せるのか。だったら、こいつはどうだ？

そう言いたげなティラーノの一嚙み。

牙が食いこむ。皮膚が破られ、肉がちぎれる。

「ちいっ」

ジンガラが首を曲げた。猪首のティラーノと違い、ドラゴンの首は長い。その長い首をU字形にねじ曲げ、ジンガラは自分の顔をティラーノの頭部に向けた。

ジンガラも口をひらく。

喉の奥が赤く発光した。

火球発射。

至近距離からの火炎攻撃だ。

耳をつんざく爆発音とともに、ティラーノの顔面が紅蓮の炎に包まれた。

おお、みごとな兜焼き。

って、食べたくないわよ。ティラーノの頭なんて。

「がはっ」

ティラーノが、ジンガラから離れた。首を左右に振る。あら、ぜんぜん焼けてない。ちょっと焦げた感じがするけど、見た目の変化はほぼ皆無。頑丈なのねえ。

「ケイ、こっちもはじめるわよ」

ユリが言った。

おっと、そうだった。つい観戦に夢中になってしまった。こんな超スペクタクル、お金だしてもなかなか見られないから。映画にしてもいいくらいよ。タイトルは「四大聖獣地上最大の決戦」かな。うーん、どっかに似たのがあるような気がする。

などと、どーでもいいことを考えつつ、あたしは前進を開始した。

めざすは演習場の真ん中。少し前まで遺跡がでーんとあったとこ。いまは大穴がぽっかりとあいていて、その前に三人組が突っ立っている。聖獣闘戯がまわりで激しく繰り広げられているのに、三人はぜんぜん気にしていない。たぶん、聖獣から与えられている力が相当に強いのだろう。それは聖獣を召喚したときにわかる。わかれば、何が起きてもその力で回避できるという自信が湧く。ジンガラの力を持っているあたしたちも、それは同じだ。いまなら、どこにでも進んでいける。

三人組が、あたしたちを見た。かれらも動いた。あたしたちのほうに向かってくる。

あっという間に彼我の距離が縮まった。

間合いは、およそ十メートル。かなり近い。その背景では、ジンガラが三体の封印聖獣を相手にして死闘をつづけている。正直、やや押され気味だ。少なくとも、圧倒的に強いという雰囲気ではない。強いジンガラを見慣れているあたしとしては、すごく新鮮な光景である。とはいえ、こういう新鮮はあまりうれしくない。

「やっと会えたわね」微笑を華やかに撒《ま》き散らし、リュアレが言った。

「噂のドラグーンに」

「あたしも会えたわ」ユリが言葉を返した。

「大神官の腰巾着《こしぎんちゃく》に」

「!」

リュアレの表情が、かすかにこわばった。ユリってば大胆。平然と喧嘩を売る。びっくりよ。でも、これは作戦ね。こういう突っこみを入れて、相手の反応を見る。そして、正体を探る。ない知恵を絞りに絞って考えたの。絶対にそうだわ。でなきゃ、ユリがこんな気の利いたマネするはずがない。

「腹減った」ぼそりとつぶやくように、フテンが言った。

「早くすませて、ごはんを食べよう」

「………」

ゆっくりとデューザが前にでてきた。こいつは何も言わない。依然として、おし黙っている。眼光が鋭い。あたしたちの背すじをぞくりと冷やすまなざしだ。殺気が凝集して瞳になっている。凍てついた、氷の瞳。

くる!

こいつの聖獣はティラーノ。その特殊能力は……。

大地がうねった。

地表が砕け、微塵に散る。

火柱があがる。轟音とともに、真紅の奔流が幾筋もそそり立つ。

マグマだ。灼熱のマグマが噴出した。

赤い火柱が躍る。まるで生あるもののようにぐにゃぐにゃとくねり、互いに絡み合う。

マグマを操っている？

火と土の融合技。

うーん。

ちょっとだけうなってしまった。

さすがは封印聖獣。特殊能力も、本当に特殊である。こんなの見たことない。すっごく強力よ。

マグマが迫った。

「あたしがやるわ」

ユリが言った。ユリ、いつの間にかくノ一に変身して、聖獣まで召喚している。な、なんで？　そんなてきぱき動く子、ユリじゃない。別人だ。

風がユリのまわりで渦を巻いた。

呼びだした聖獣は、ペガサスだ。ジンガラは、あたしにまかせることにしたらしい。

自分はペガサスの風の力でデューザを迎え撃つ。

押し寄せるマグマを、風が左右に流した。

「なんか、食わせろぉ」

フテンがデューザの横に並んだ。このおでぶも力を揮う気らしい。こいつの力はケラスのそれだ。なんだろう？　パワー系かな。

「飯ぃ」

ぎゃあぎゃあと叫びながら、フテンは両手を上に振りあげた。

「…………」

アーシュラがフテンの正面に立ち、対峙した。どうやら、やたらと騒がしいのが気に障ったみたい。醜く太っているのも、いやなのね。男はやっぱ、シェイプされていなくちゃ。――って、これはあたしの意見。

剣を突きだし、アーシュラはその切っ先をフテンに向けた。

フテンが腕を振りおろす。

閃光が散った。

違う。光じゃない。白い何かだ。

細い糸。フテンのてのひらから、無数に飛びだした。それが白銀の燦きを放つ。

糸がアーシュラを襲った。

全身にへばりつく。べたべたとくっつき、アーシュラを包む。

これは。

くノ一カスミの得意技、忍法アクタガワ。

「ぐあっ」

アーシュラが身をよじった。だが、糸は切れない。それどころか、さらにぐるぐる巻きになる。からだの自由を奪う。自慢の大太刀でも断ち切れない。

あちゃあ。いきなり劣勢だよ。

力を貸すべきか？

そう思ったとき。

「よそ見してんじゃないよ。この腐れあばずれ女！」

はじめて、デューザが口をひらいた。

な、なんて汚らしい言葉遣い。

「てめえなんか、へど吐いて地べたに転がっていろ」

あたしを罵倒する。

あったまきた！

怒髪天を衝いた。

第四章　強奪しちゃおう！　石船を

1

覇王の魔剣を、あたしは抜いた。

聖獣闘戯は、たしかにおもしろい。バトルを手持ちの聖獣に代行させるというのは、悪くないアイデアだ。何よりも技量や体格差といったハンディから参加者を解放することができる。

しかし、あたしはそれが不満だ。体格差は、技の修練と取得したアイテムで相殺してしまえばいい。バーバリアン・エイジの醍醐味は、生身のからだとからだのぶつかり合いにある。それがないんだったら、ヴァーチャル・リアリティで十分だ。人と人による直接戦闘があってこその体験型イベントである。平等なんて、くそくらえ。あたしは、あたしのやり方で戦う。

魔剣をかまえ、あたしは走りだした。

噴出するマグマ？　そんなのどーでもいい。行手を邪魔するやつは、熔岩だろうと火の壁であろうと、容赦なくぶった斬る。それだけの力が、この魔剣にはある。

あたしは、デューザに迫った。デューザ、表情には見せないが、あたしの意外な動きにちょっとはうろたえたらしく、地割れやマグマであたしの進路をつぶそうとする。もちろん、あたしは気にしない。大ジャンプで裂け目を跳ぶ。魔剣を揮って、マグマを吹き飛ばす。怒ったあたしは怖いよ。

一方。

ユリとアーシュラも本気モードに入った。

まずはユリが冷気の風でアーシュラをサポートした。氷点下六十度の寒風が、アーシュラを縛る粘着糸を一嘗《な》めした。

かちーんと粘着糸が凍る。自分でも使っているから、ユリは粘着糸の弱点を知りつくしている。炎を浴びると溶けるし、凍らせると軽いショックで砕け散る。風の力を得たユリは、あとの戦法をとった。

がっちりとアーシュラに絡みついていた粘着糸が、あっけなく崩れた。白い粉と化して、虚空に消えた。

「うぎゃおうん」

アーシュラが気合を発した。

とても人間の声とは思えない獣じみた気合だが、これはまさしくアーシュラの咆哮。

大太刀をかまえ直す。フテンを睨みつける。

その一睨みで、フテンはびびった。

「ケラス！」

あわてて、自分の聖獣を呼び戻した。

「馬鹿っ」

それを見て、リュアレが怒鳴った。当然である。封印聖獣は三体の連携プレイでジンガラを圧倒していた。逆に言えば、三体総がかりでようやく優位に立てる相手だ。ジンガラはそれほどに強い。なのに、三体のうちの一体がいきなり抜けてしまう。それは、まずい。

「よそ見はだめよ」

ユリが言った。

ユリの標的はリュアレだった。くノ一カスミになっているから、動きがふだんのユリと根本的に違う。ふだんはナメクジよりもゆっくり進むユリだが、くノ一カスミになると、別人のように速い（っていうか、別人なんだよね）。つつつーっと動いて、二十メートルくらいなら、数秒で移動してしまう。しかも、気配がほとんどない。まさしく忍びである。

刀を抜き、ユリがリュアレに斬りかかった。

ほぼ同時に、アーシュラもフテンに向かって大太刀を振りおろした。

でもって、あたしもデューザの眼前に達した。

三人が、いっせいに直接攻撃開始。

アーシュラの一撃は、ケラスの固い皮膚が弾いた。

ユリが放った忍者刀の一閃は、リュアレ自身が転がってかわした。うーむ。くノ一カスミ、忍者としては二流だね。丸腰の素人にかわされちゃだめでしょ。きっちり仕留めなきゃ。

で、あたしだ。

カキーンと金属音が響いた。

デューザは短剣を持っていた。腰のうしろに鞘があり、そこに納めていた。

その短剣で、魔剣の切っ先を受けた。

「がっ」

もちろん、受けきれないから、一声呻いてデューザは横ざまに跳んだ。みずからジャンプして、ダメージを殺した。こいつ、やるわね。実戦を知っている。リアルでは、絶対に堅気じゃない。けっこうやばい商売をしている。

あたしとユリは、それぞれの獲物を追った。デューザとリュアレ、逃がすわけにはいかない。こうなったら、何がなんでも決着をつける。

アーシュラだけは、ケラスが相手になった。これは伝説の戦士といえども、相当にしんどい。しかし、アーシュラは気にせず、大太刀を振りまわす。ばっこんばっこん、封印聖獣に刀身を叩きつける。フテンは怯えて、地面にへたりこんだ。あまりのことに、空腹も忘れてしまったらしい。

そうこうするうちに。

封印聖獣とジンガラの攻守が逆転しはじめた。

ケラスが抜けてもまだ二対一でジンガラが不利なのだが、バディの意識が届かなくなり、ティラーノとケツァルの連携が、完全にばらばらになった。

こうなったら、もはや封印聖獣といえども、ドラゴンの敵ではない。

ティラーノがジンガラの火球を胸に浴び、仰向けにどうと倒れる。ケツァルは翼をつかまれ、地上に落下した。

バディと聖獣の関係は、想像以上に微妙だ。

はじめて組んだ聖獣を自在に動かすなんてことはほとんどできない。それは、あたしもさんざん経験してきた。互いに呼吸を合わせてこその聖獣闘戯だ。このバトル自体がそのように設計されている。成長がなくては、イベントとしての意味がない。感動も生まれない。

それは、封印聖獣も同じだった。

特別な聖獣だからといって、特別扱いはしてもらえない。システムをいじったハッカー、こういうところは律儀である。わりとプロだね。

バディと聖獣の分断作戦が成功した。

「かたをつけるのである」

ジンガラが高度をあげた。

力を体内に凝集させる。

だめえ。フィニッシュはまだ早い。聖獣闘戯がはじまってこのかた、せっかく磨きあげてきた戦士の技や魔法少女の力をぜんぜん使うことができなかったあたしたちよ。いまようやくそのフラストレーションを一掃する機会がめぐってきたのに、なんで、もう終わらせちゃうのよ。

と、叫ぶ間もあらばこそ。

ジンガラが特殊能力を爆発させる。

それってば、もしかしたら、うちらもあぶない？

火球が飛んだ。

闇の中を右から左に。

右から左？

どおん。

炎の輪が赤く広がった。

ジンガラの脇腹に紅蓮の花がひらいた。

違う。これ、ジンガラの火球じゃない。誰か違うやつが射ちだした火球だ。それがジンガラを直撃した。

でも。誰が。どうやって？

「ケイっ、あれっ！」

ユリがきた。予期せぬ事態に、ユリはリュアレを追うのをやめた。やめて、あたしのところにきた。

ユリは頭上を振り仰ぎ、虚空を指差している。そこに何かがいるらしい。ジンガラの右手、さらに上だ。

あれは？

「石船よ」

ユリが言う。

石船ぇ？

あたしは瞳を凝らした。

漆黒の空に、かすかな輪郭があった。それが、うっすらと見えた。細長い、紡錘形の輪郭だ。本当だよ。あれは石船だよ。

てえことは、火球は油脂弾ってことになる。あたしの美しいお城を焼いた、あの忌まわしい武器だ。

むかむかむか。

思いだして、毛穴がざわついた。

石船の背後には、とーぜん神聖アキロニア帝国がいる。大神官パプティマの幻が、あたしの視界の中でちらつく。それでまた、さらに不快感が増す。

石船は、つぎつぎと油脂弾を投下した。

むかついているけど、この無差別攻撃には、こっちも打つ手がない。かろうじて不意打ちをくらったジンガラが体勢を立て直し、逆襲を試みようとするが、その隙を衝くように、ケツァルとティラーノが技を仕掛けてくる。

あらためて、炎があがった。せっかく鎮火しかけていたのに、石船がばらまいた大量の油脂弾で、駐屯地は再炎上である。こりゃもう、間違いなく残っていた建物も、ぜーんぶ焼け落ちるね。

気がつくと、いつの間にか三人組の姿が消えている。

逃げられた。このどさくさの中で。

油脂弾が降ってくる。あたしとユリは右往左往。アーシュラひとりが平然としている。絶対生物のムギにしてみれば、こんな炎、仮に本物だったとしてもなんでもないもんね。

駐屯地が、ごうごうと燃えさかる。

炎の上に、ジンガラの影があった。ケツァルやティラーノ、ケラスの影は、どこにもない。どうやら、三体ともジェムに戻ってしまったようだ。

「やられたわね」

あたしは地面にすわりこんだ。

「やられちゃったわよ」

ユリもへたへたと腰を降ろした。

2

夜が明けた。

明るくなって、視界がひらけた。あたしはジンガラを幼生体に変えた。

演習場は、ぼこぼこだ。そこらじゅう、クレーターだらけ。駐屯地は完全に焼け野原。

人影は皆無である。あたしの横であぐらをかいている年増の魔法少女と、大段平《おおだんびら》を握ったまま突っ立っている黒豹頭の戦士。いるのはそれだけである。もちろん、三人組はいない。封印聖獣もいない。遺跡も消滅した。

と。

とつぜん、あたしの目の前の地面が大きく盛りあがった。

ぼこっという音がして、その表面が弾け飛んだ。

なんかがでてくる。

あらたな敵？

あたしは中腰になり、魔剣を持って身構えた。

「ぶはっ」

泥だらけの顔が出現した。

凶悪な容貌。

でっかい頭だ。

どっかで見たことがある。

あらま。

こいつってば。

ガジャボじゃない。

なんで、そんなとこからでてくるのよ？

「なんとか助かった」

全身があらわれた。プロレスラー並みの巨体が、聖獣の上に乗っかっている。

「なるほど。モールを持っていたのであるか」

ジンガラが言った。

モグラの聖獣だ。こいつに穴を掘らせ、ガジャボは地中に逃げた。

やるじゃない。頭いいわよ。あんな化物聖獣同士の闘戯から身を護ろうと思ったら、地下にもぐるくらいしか手がない。ガジャボは、それを実践した。あの状況で、よくとっさにそんな判断ができたものである。あたし、少しだけガジャボを見直した。

「とんでもねえことになったな」

ガジャボが言った。モールの上から降り、印を結んで呪文を唱えた。モールはジェムに戻った。

「傭兵部隊は全滅ね」あたしが応じた。

「ひとり残らず強制送還。駐屯地の建物に至っては、影も形もなくなったわ」

「反則よ」ユリが文句を言った。

「あの遺跡が、めちゃ強い封印聖獣そのものだったなんて」

「反則は最初っからでしょ」あたしは小さく肩をすくめた。

「でなきゃ、この世界で聖獣闘戯がはじまるはずがない」

「あの三人、何ものだったんだ？」

うなるように、ガジャボが言った。

「さあ？」

あたしとユリの声がそろった。

「おい」ジンガラが言った。

「向こうから、誰かがくるのである」

えっ。

あたしとユリ、そしてガジャボも、あわてて首をめぐらした。

向こうというのは、さっきまで正門があったところだ。

そこに、人の姿があった。

男だ。小柄で、こっちに向かって歩いてくる。

顔が見えた。

「カバブ」

あたしがつぶやいた。

そうだ。あれは串焼肉屋台のカバブだ。

カバブは、ゆっくりと歩を進める。騒ぎを聞きつけ、急ぎ駆けつけてきたという雰囲気はない。

「なぜカバブ？」

　ユリが立ちあがった。

「様子がへんね」

　あたしも立った。

「串焼肉の親父じゃねえか」

　ガジャボも、カバブを知っていた。

　しばし、待つ。

　カバブがきた。

「驚いたぞ」あたしとユリの顔を見て、ぼそりと言った。

「伝説のドラグーンがおまえたちだったとはな」

「聖獣闘戯を見たの？」

　ユリが訊いた。

「ああ」カバブはうなずいた。

「まさか本物のドラゴンを目のあたりにできるとは、思っていなかった」

「いまは、こんな姿だけどね」

　ユリが幼生体のジンガラを指差した。

「こんな姿で悪かったのである」

ジンガラはぶんむくれた。

「ジェムに戻ったのではないのか？」

カバブの目が丸くなった。

「ジンガラは聖獣としても特殊なの。ドラゴンだから」

あたしが言った。正確な表現ではないが、こう言うと、誰でも納得する。

「闘戯の相手は封印聖獣だったな」

カバブは話を変えた。

「知ってるの？」

今度は、あたしが驚いた。

「伝説には詳しいのだ。いろいろと調べたから」

「………」

「しかし、三兄弟が封印聖獣を手に入れたとは」

「三兄弟？」

ガジャボが身を乗りだした。

「傭兵部隊に入りこんでいた三人組だ」カバブはガジャボに視線を移した。

「少し前に入隊したはずだ。知ってるんだろ？」

「知ってるも何も」ガジャボの表情が険しくなった。

「あいつらは、俺の小隊に配属されることになっていた」

「あの三人組、三兄弟っていうの？」

あたしが訊いた。

「そうだ」

「あたし、その名前を耳にしたことがある。ロックが教えてくれた。兄弟三人のチームで、聖獣闘戯がめちゃくちゃ強い。おまけにめちゃくちゃ狂暴だって」

「ロックが誰かは知らないが、そいつの言ってることは正しい。あいつらは狂暴で強い」

「狂暴って、どういうこと？」

ユリが訊いた。

「野暮な話だが、ちょいとリアルのことを話そう」

カバブは首を小さく振り、頭をぽりぽりと掻いた。

「外の世界が関係しているのね」

あたしが言った。

「あいつらは、正真正銘のお尋ね者だ」

「へ？」

「賞金首だよ」カバブは右手で自分の首を吊るしぐさを見せた。

「銀河系刑事警察機構《GCPO》から、国際指名手配されている。罪状は殺人。それもひとつやふたつじゃない。判明しているだけでも、五十八件だ」

「殺し屋なのね」ユリが言った。

「超凄腕の」

「それで、あなたの正体は？」

あたしが訊いた。もう見当がついているけど、重要なポイントだから、ここはきちんと確認しておきたい。

「ＧＣＰＯの潜入捜査官だ」カバブは、あっさりと身分を明かした。「かれこれ二年近く、三兄弟を追っている」

銀河系刑事警察機構。いわゆる国際警察だ。国家と国家の壁を飛び越えて捜査ができる。ＷＷＷＡの犯罪トラコンとちょっと似ているけど、実は根本的に違っている。あっちは提訴者の要請なしに動けるし、容疑者を逮捕することもできる。あたしたちは赴いた惑星国家の警察組織のお手伝いをするだけ。原則として、そういうことになっている。この原則、どっちかというと例外みたいになってしまっているが、でも、原則は原則よ。お手伝いに留めておかないといけないの。もちろん、今回の任務もその方針でやっている。絶対にやっている。間違いなくやっている。……はず。

「指名手配されている三兄弟、どうしてこんなところにもぐりこんだのかしら？」

ユリが小首をかしげた。これは、おとぼけ質問である。向こうが捜査官であることを教えてくれたからといって、あたしたちがトラコンであることをカバブに伝える必要はない。というか、まだまだ隠しておいたほうがいい。混乱のもとになるから。それで、こういう質問をする。ボケ女でも、それなりに考えるのだ。とりあえず、よくがんばっているよ。感動して涙がでそうになる（嘘）。

「噂レベルの情報なんだが」カバブが答えた。

「大神官が、かれらを雇ったらしい」

「大神官！」あたしの頬がぴくりと跳ねた。

「そいつってば、本当にいるの？」

「たぶん」

「たぶん？」

「必死で調べた。しかし、確証が得られなかった。ただ、大神官パブティマに相当する誰かは、間違いなく実在する」

「どこに？」

あたしは、重ねて問いつめた。これは、どーしてもムキになる。この件については、しっかりとたしかめておきたい。

「わからない」

だけど、カバブは首を横に振った。

振ったあとで、言葉をつづけた。

「ひとつだけ、知る手立てはある」

なんですってえ！

「石船だ」カバブは言う。

「石船にデータが搭載されている。一隻でいい。あれを奪って自動操縦にすれば、船は
そのまま大神官のもとへと行く」

「なんで、そんなこと知ってるのよ」

ユリが突っこんだ。そうそう。それは、すっごく疑問よ。

「簡単なことだ」カバブはさらりと言った。

「わしは乗っていたんだ。石船に」

はあぁぁぁ？

3

「わしは神官付きの闘士だった」

カバブは遠くを見た。せいぜい一、二か月前の話をしているはずなんだけど、何十年も前のことのようにカバブは語る。

「あなた、神聖アキロニア帝国の兵士だったの？」

あたしは横から覗きこむように、カバブの顔を見た。

「情報が入った。三兄弟が帝国に雇われたという情報だ。それを確認するために、わしは帝国の傭兵になった」

「傭兵が石船に？」

「配属された。偶然だよ。たまたま入隊した町に石船の基地があった」

「やめた理由は？」ユリが訊いた。

「それとも、馘首《くび》？」

「リアルでの正体がばれそうになった」

「嘘！」あたしが言った。

「バーバリアン・エイジで個人情報がそんなふうに漏れるなんて考えられない」

「残念だが、帝国は違う」カバブは小さくかぶりを振った。

「事情は不明だが、帝国の内部では情報がバーバリアン・エイジのシステムとはべつの形で流れている。だから、三兄弟がもぐりこむ余地もあった。どうやらドゥリットル・エンターテインメントは深刻な問題をかかえているらしい。そして、その問題の根元には、巨大な犯罪組織が関わっているような気がする」

カバブの双眸《そうぼう》がきらりと光った。

どきどきどき。あたしの心拍数が、いきなり跳ねあがった。こいつ、年齢相応にベテランの捜査官だね。かなり鋭い。本気で、ここのことを調査している。

「そんなわけで、帝国軍から脱走した」カバブは肩をすくめ、両手を左右に広げた。

「かなりやばいところだったはずだ。おかげで、身なりもキャラも変更せざるをえなかった。もちろん、名前も変えた」

「前はカバブじゃなかったのね」

ユリが言った。

「まあな」

「流れ流れて、串焼肉屋のおっちゃんか」あたしもしみじみと言う。

「潜入捜査も楽じゃない」

「まったくだ」

うんうん。

互いにうなずきあった。これは両者共通の実感である。カバブは自分ひとりのことだと思っているはずだけど。

「三兄弟を追って、ベッサムにきたのか？」

　ガジャボが訊いた。

「ああ」

「どうして、ベッサムだったんだ？　あいつらが大神官に呼ばれたのなら、ふつうは帝国の首都かなんかに行くはずだろ」

「神聖アキロニア帝国には近づけない。どじを踏んだ潜入捜査官のみじめな宿命だ。どんなに正体を隠しても、必ず身許が割れる」

「でしょうね」

　あたしはあごを引いた。

「そんなときに、噂が聞こえてきた。ベッサムの領主が帝国とやり合っている。その町には、古代遺跡があり、何かすごいものが隠されている。それはどうも封印聖獣らしい。そういった噂だ」

「地獄耳ねえ、カバブは」ユリが感心した。

「ロックみたい」

「バーバリアン・エイジで情報を集めるのにはコツがある。習熟すると、あきれるくらい情報がすんなりと向こうから転がりこんでくる。そういうやつは、何人もいるぜ。情報のスペシャリストだ」

「たしかに、そんな情報が入ったら、三兄弟がベッサムにくるかもと思っちゃうわね」

あたしが言った。

「予感的中だ。広場であいつらの姿を見たときは、昂奮したぞ。これで逮捕できる可能性が生まれた」

「いきなり捕まえるってことはしないの？」

「無理だ。三対一だし、ここでは本物の武器携行が許されていない。バーバリアン・エイジのルールの中であいつらをぶっ倒すとなると、わしでは力不足だ。何をどうしても、返り討ちに遭うのが関の山だろう」

「じゃあ、いまあたしたちにいろいろ明かしているのは」

「三兄弟を倒せそうな勇者さまが見つかったからだ」

カバブはあたしとユリに視線を向け、にっと笑った。

「そうだよな」ガジャボが言った。

「このふたりなら、無敵だ」

「ドラグーン以上の勇者は、この大陸にはいない」カバブがつづけた。

「さっきの闘戯を見て、確信した」

「まあ、なんて口がおじょうずなの」

あたしはほほほと笑った。こんなふうに持ちあげられて、気分が悪いはずがない。こういうことを言う人には、ついついなんでもしてやろうという気になってしまう。

「石船を奪うって言ってたわよね」ユリが横から言った。

「それ、簡単にできるの？」

「簡単かどうかはべつとして」カバブは真顔に戻った。

「奪える。わしとあんたたちが手を組めば。それと、可能なら、少しばかり軍勢がほしい」

「どれくらい？」

「最低でも数百人。石船を奪ったら、大神官のもとに行くんだろ。それは確実に戦争になる。その準備をしておかないと、全滅するのはこっちだ」

「大神官がひとり暮らししてるはずないからなあ」ガジャボが言った。

「きっと帝国軍の精鋭で、まわりを完璧に固めているはずだ」

「その防衛網を破らなくちゃだめなのね」

ユリが、ため息をついた。

「軍勢、集められると思う」

あたしが言った。ゴステロ兄の顔が浮かんだ。強制送還をくらった弟のことがあるから確約できないけど、呼集をかけたら、あの兄弟は必ず配下を引き連れて、きてくれる。

「ただし、問題は時間。ここはダチカンから遠い。一両日中にと言われても、できないわ」

「どこかで、待つのか？」ガジャボが言った。

「ベッサムはだめだぞ。こんなことになって、いすわれるはずがない。ドラグーンがいることを知った帝国軍が、大挙して押し寄せてくる可能性もある。三兄弟の報復攻撃も考えられる」

「わしの山小屋に行こう」カバブが言った。

「そこで、じっくりと策を練るんだ」

「山小屋？」

あたしとユリはきょとんとなった。

「東に山岳地帯がある」カバブは左後方を指差した。

「わしはそこに山小屋を持っている。串焼肉の材料を獲るために」

「狩猟小屋か？」

ガジャボが訊いた。

「別荘だ」

カバブは胸を張った。

数分後。

話がまとまった。

決まれば、即行動である。

ここぞとベッサムから脱出し、荒野にでた。でたところで、ガジャボがボアを召喚した。大蛇聖獣である。けっこう長距離の旅だ。それでも、ジンガラの背中に乗って飛んでいけば一瞬で終わる。だが、いまそれをやることはできない。目立ちすぎるからだ。万が一にも、このあたりを周回している石船に見つかったら、たいへんなことになる。へたをすると、あらためて大群相手に聖獣闘戯をやり直さなければならない。ジンガラは喜ぶかもしれないが、あたしはごめんだ。これ以上ややこしくなるのは、勘弁してほしい。

というわけで、五人がボアの背中にまたがり、ひたすら地味に山を目指して地上を進んだ。もちろん、街道は使えない。道なき道をずるずると移動する。乗り心地は、そんなに悪くない。ちょっとひんやりしているけど、それはすぐに慣れた。

陽が落ちる直前、山奥の小屋に着いた。

小屋は、深い谷底にあった。意外にも本格的な造りの丸太小屋である。壁や屋根はもちろん、玄関や窓までもがちゃんと存在している。

「魔法玉を町の雑貨屋で買って、ここに投げたんだ」

カバブが言った。

いろいろなものが入っているというふれこみの魔法グッズのひとつである。直径十センチくらいのボールで、家が入っているとなると、けっこういいお値段だ（もちろん、入ってなんかいない。ボールを投げると、家はなんらかの仕掛けで具現化される。いつものお約束どおり）。この丸太小屋で三十コナンくらいだろうか。カバブ、意外にコナン持ちだったのね。

小屋の中に入った。

石で組まれた暖炉に火を入れ、ランプにも、その火を移す。

「けっこう広いわね」

明るくなった室内を、ユリが見まわした。

「ほこりもそんなに積もってないわ」

あたしは掃除のチェックをする。

「週に一度はきているからな」カバブが言った。

「きたら、二日ほど泊まりこんで狩りをする。獲物はウサギや野豚、鹿なんかだ」

「それがあの串焼肉の原材料ね」

「狩りは猟師属性がないとできない。こういうものも、扱えない」

カバブは床に転がっている何かを手に把った。

トラバサミである。動物を捕獲するための罠だ。

「最初に何をやるの？」ユリが訊いた。

「作戦会議？」

「軍勢を呼んでもらう」カバブは答えた。

「作戦を立てるのは、それが終わってからだ」

「いいわよ」ユリが魔法バトンをくるりとまわした。

「さっそく魔方陣を描きましょ」

にこっと微笑んだ。

4

「軍勢を呼ぶって、どうやるんだ？」

ガジャボがあたしの耳もとに顔を寄せ、小声で訊いた。

「電話をかけるのよ」

「電話？　そんなもの、ここにはないぞ」

「リアルにあるようなのは、ないわね。でも、似たようなことができる魔法は存在している」

「本当か？」

「本当よ」

「そいつぁ、知らなかった」

ユリが山小屋の床に魔方陣を描いた。画材は魔法アイテムのきらきらチョークだ。ちなみにきらきらチョークは正式名称ではない。ユリが勝手に名付けた。あまりにださいので、説明しなくても、誰が命名者かすぐにわかる。

これは、生命力を大量に消費する高度な魔法だ。使うと、一回あたり一万ポイントずつ生命力が削られていく。ふつーのキャラなら、あっという間に強制送還ものの数字だね。でも、いまのユリなら、百回やってもとりあえずは平気。ほとんど影響がない。

にしても、なぜこんな犠牲を要求するのか。

禁忌魔法。要するに、存在はするけど、できれば使ってほしくない魔法ということだ。この魔法、リアルで言えば、機能は映像通信そのものである（ただし、一方通行。さすがにそこまで便利なものは用意してくれない）。バーバリアン・エイジは、テクノロジー的には不便な世界だ。それを剣と魔法と妖精と異形生物と工夫で補完する。そのように構築されている。だから、高度なテクノロジーを連想されるものをあからさまに嫌う。いくら魔法で実現させているといっても、映像通信は映像通信。この世界に、テレビ電話を気軽に持ちこまれたくない。システムの設計者は、そう考えた。それで、厳しい制限が加えられた。そういうことである。

「準備完了」

　ユリが言った。

　魔方陣が完成した。直径二メートルくらいの二重の円形陣だ。その中に正方形の枠と、おかしな模様と、おかしな文字、数字がきらきらチョークできらきらと記されている。

「儀式をはじめるわ」

　宣言し、魔法バトンをかまえた。こいつ、またわけわかんない振りつけをつくったな。そんなものなくても、魔法は使えるというのに。

「以心伝心魔方陣！」

　ユリが叫んだ。叫んで、魔法バトンを手の中でくるくるとまわした。

　痛い。

　あたしの心が痛い。直視するのがつらい。

　あたしは、目を伏せた。

　ユリはかまわず、儀式をつづける。

　そうそう。

　言い忘れていたけど、この魔法にはもうひとつ制限があった。

　通信ができるのは、あらかじめキーワードを交換した相手だけだ。うちらの場合だと、ゴステロ兄だけである。ロックとも交換したかったのだが、ロックはこのイベントから離脱したので、それができなかった。

呪文の詠誦がはじまった。目をあげると、ユリはまだ、くねくねと意味不明のダンスをつづけている。びっくりしたのは、それに合わせてガジャボとカバブが手拍子を打っていたこと。乗るなよ。ユリを調子づかせるなよ。

「ジル・ゴステロ、聞こえる？　筆頭魔導士のユリよ。あなたの姿が見えるから、聞こえたらうなずいて」

ユリが叫んだ。

叫ぶのと同時に。

魔方陣の真ん中に映像が出現した。

波打つような、ちょっとぼんやりとした映像。でも、立派にフルカラーだ。

顔が映った。ゴステロ兄のバストアップだ。

一瞬とまどいの表情を見せ、それからゆっくりとゴステロ兄、ゴステロ兄はうなずいた。何が起きたのかを、すぐに悟ったらしい。さすがはゴステロ兄、いい勘をしている。

「力を貸して。ジル・ゴステロ」ユリは言葉をつづけた。

「軍勢が要る。強い戦士が要る。練達の闘士もほしい。いますぐに」

ゴステロ兄は、もう一度うなずいた。あごの上下が、さっきよりも大きい。

「ベッサムの近くにあるサンビラ山をめざして出発して。それがどこにあるかは、調べられるでしょ。でも、そこは最終目的地じゃない。どこで合流できるかは、まだはっきりしていないの。だから、必ずまたあなたを呼ぶ。呼ぶから、とにかくサンビラ山に向かって。あたしたち、あなたを待っている。あなたの力と忠誠心に期待している。いいわね。アルゴスは、まだ滅んでいないわ」

映像が消えた。唐突に失せた。

時間切れである。これも制限のひとつだ。正確な秒数はわからないが、三十秒足らずだった。それで、自動的に魔法が終了する。生命力がいくら余っていてもだめ。つぎにこの魔法が使えるのは、いちばん早くても三日三晩の後になる。

「ふう」

ユリがため息をついた。へなへなと腰が崩れた。踊りすぎだよと言いたいが、これはちょっと違う。本当に疲労困憊している。さすがは超禁忌魔法。ダメージは半端でなく大きい。

「うまくいったようだな」

カバブが言った。

「すげえ魔法だ」

ガジャボは本気で感心している。たしかに、消費するポイントだけで考えると、これはすげえ魔法だ。でも、種と仕掛けだらけのバーバリアン・エイジでの魔法だからね。

心の底から感動するということは、何か月ここで過ごしても、あたしにはない。

なにはともあれ。

儀式はすんだ。

これで懸案事項がひとつ減った。

へたばっているユリはとりあえず放置しておいて、あたしはつぎに進まないといけない。

「このあとは、何するの？」

カバブに向かい、あたしは訊いた。

「飯だ」カバブは短く答えた。

「それから寝る」

えーーーーーっ！

あたしの目が丸くなった。

「うっそぉ。正しい順番は、飯、風呂、寝る、でしょ」

文句を言った。

「どこがどう正しいの？」

ユリに突っこまれた。

ええい、うっさい。へたばっているやつは、素直にへたばっていろ。口きくんじゃない。

「風呂は、あしただ。作戦会議もあしただ」カバブは言を継いだ。

「長旅で、わしは疲れた」

うーん。

言われてみれば。

あたしもけっこう疲れている。

しかも、よく考えてみると、昨夜、泥酔して酔いつぶれ、真夜中に起こされて以来、ぜんぜん寝ていない。寝ないで戦い、寝ないでここまで旅をしてきた。かなりの昂奮状態だったから、かけらも気づかなかったよ。

「というわけで、まず飯だ」

手をひとつ叩き、カバブが立ちあがった。

串焼肉を焼いた。肉は魔法の食料貯蔵庫に入っていた。要するに、ごくふつうの冷蔵庫。見た目は地味な木箱だけど。

パンも配られた。この小屋、わりと食材がそろっている。

床に腰を置き、車座になってパンと串焼肉を食べた。いつもどおり、アーシュラひとりが壁ぎわにのっそりと立つ。ジンガラは、そのあたりを適当に飛びまわっている。

食べながら、話をした。主に、あたしたちがドラグーンになったいきさつだ。カバブ、すごく興味があるらしい。たしかに、めちゃ珍しいからね。でも、チュリルのことを教えるわけにはいかない。特別扱いされていたことが明らかになってしまう。

ジンガラが助け船を入れてくれた。

「要するに、ボクが油断していたのである」ジンガラが言った。

「こんな初心者の戦士と魔法少女にしてやられるとは思っていなかった。それで、ミニドラゴンの姿ででていってしまった。さすがにこれではなんの技も使えない。それで一気に生命力を持っていかれたんだ」

「なるほど」カバブは納得し、大きくうなずいた。

「無敵のドラゴンといえども、油断したら敗れることもあるんだな」

「いい教訓になったのである。しかし、こいつらと組むことができてよかったといまは思っている。こいつらはボクの力をうまく引きだし、使ってくれる。聖獣闘戯にも、すんなりと適応することができた。なんというか、すばらしい忠臣を得た。そう言うとわかりやすいのではないだろうか」

ちょっと待て。

「忠臣かよ」

あたしは突っこんだ。

「そっちが家来、ボクが主人。自明の理であるな。誰が見ても一目瞭然。格が違う」

「なるほど。なるほど」

カバブは、さらに納得した。

納得するんじゃねえ。

いびきが聞こえた。

ガジャボだ。見ると、もう熟睡している。床に転がり、大口をあけている。

「おひらきだな」カバブが言った。

「おまえたちは向こうで寝てくれ」

あごをしゃくった。その先にドアがあった。

「寝室？」

「一応、ベッドらしきものもある。シーツもある。俺たちはこっちで適当に寝る」

「悪いわね」

「おまえたちはゲストだ」

カバブはにっと笑った。

寝室に入った。

でかいベッドがあった。ユリとふたりで、その上に倒れこんだ。

朝になった。

タイムラグがゼロだ。

睡眠ではなく、これは気絶だった。

5

「起きたか」

寝室からでると、カバブはもう動きまわっていた。ガジャボも目を覚まし、水をがぶがぶと飲んでいる。夜明けから三十分後くらいかな。寝た時間が早かったから、それでもたーっぷりと寝たことになる。疲労は、ほぼ完全に消えた。

「超回復ぅ」

外は快晴だ。窓から陽光が射しこんでいる。

「お風呂、入りたい」

あたしのうしろにつづいて寝室からでてきたユリが、寝ぼけた声で言った。こいつは、まだ半分寝ている。

「そういえば」あたしはカバブに向き直った。

「昨夜、風呂はあしただって話になってたわよね」

「そうだったな」

「お風呂。どこ？」

寝ぼけたユリが迫る。

「ここにはない」

カバブは肩をすくめた。

「ないぃ？」

ユリの目の端がきりりと吊りあがった。

「いつも、水浴びですませているんだ。それを風呂と称している」

「ぶう」ユリは唇をとがらせた。

「水浴びはお風呂と違う」

「すまん、すまん。しかし、水浴び場は、小さな泉なんだが、かなりいいところだぞ。行けば、絶対に気に入る」

「ぶう」

ユリはふくれっ面を解かない。

「ないものねだりをしても無駄よ」あたしがフォローを入れた。

「それとも、魔法で風呂をだす？」

「そんな魔法はない」

「じゃあ、しょうがないじゃない」

「ぶう」

やれやれ。

「どこにあるの？　その泉は」

ユリを無視することにし、あたしはカバブに訊いた。

「小屋の裏手に清流が流れている」カバブはあごをしゃくった。

「坂を少し登ると、その源に着く。水がこんこんと湧きだしている泉だ」

「なんか、すごく冷たそう」

「そこはそれ、気温とうまくシンクロしている」

なるほど。

山小屋とセットになった水浴び専用の泉ね。家と一緒に魔法玉に入っていたのかもしれない。いわゆるサービスってやつ。

「あたし、水浴びしてくる」うしろを振り返った。

「ユリはどうする？」

「お風呂ないんでしょ」とげとげしい声で、ユリは応じた。

「だったら、そこに行くしかないわ」

言って、つんとそっぽを向く。

それから、一言つけ加えた。

「覗いちゃだめよ」

「いやあ、そこまで物好きじゃねえ」

にこにこ笑って、ガジャボが言った。

馬鹿である。

バトンが一閃し、ユリの魔法が炸裂した。

「電撃嵐！」

山中に、すさまじい絶叫が響き渡った。


タオルがわりの布を手にして、小屋の外にでた。

室内にこもっていた焦げ臭い空気が、山の清涼なそれとすみやかに入れ替わる。床に転がっている黒っぽい塊が、ガジャボだ。ぴくりとも動かない。

小屋の裏手にまわった。

小川が流れている。

上流に向かって、少し進んだ。

淵があった。これが水浴び用の泉だろう。覗きこむと、底がはっきりと見える。水が存在しないような気がするくらい、澄みきっている。底の一角がぼこぼこと泡立っているのは、水が湧きだしているからである。水深は一メートル前後かな。

「きれい」

ユリが言った。もうむくれている様子はどこにもない。

服を脱いだ。ユリは魔法一発ですっ裸になった。布や甲冑なんかは、そのあたりの小枝にひっかけておく。

「ボクも入るのである」

声がした。

首をめぐらすと、目の前にミニドラゴンが浮いている。

ジンガラだ。

「あ、あんた」

「気にするな。長い旅で、おまえたちの裸なんぞ、目が腐るほど見てきた」

「腐って、悪かったわね」

あたしは泉に入った。ユリはもう首までどっぷりとつかっている。ジンガラの言うとおりだ。ドラゴン相手に裸がどうのこうのと言っても意味はない。気にしないのがいちばんである。

「あーん、いー気持ち」

目を閉じ、仰向けになってユリが水面を漂う。おい。さっき水浴びはお風呂と違うといって激怒ってたのはなんだったんだよ。いつの間にか、くつろぎまくってるじゃない。

「最高。何もかも忘れちゃうわ」

忘れたのか！

あたしは一気にもぐった。

水底に足が着く。膝を曲げ、ジャンプする。

「ぷはあっ」

水面から飛びだした。

そのさまは、まるで神話にでてくるニンフのよう。

「やだあ。ケイってば、餌を探しているトドみたい」

ユリが言った。

こいつ、いっぺん殺す。

「いよいよ大神官と対決である」

ジンガラが言った。ジンガラ、本当に水浴びをしている。翼をたたみ、首から上を水面から突きだしている。タツノオトシゴ状態だ。

「これで、決着がつくのかしら」

あたしが言った。

「やれば、わかる」

「他人事みたいね」

「システム制御の半分をハッカーに奪われたのである」ジンガラは言葉をつづけた。「情報の精査も不完全になるし、さまざまな予測も立てにくくなっている」

「ハワードは対策してないの？」

ユリが訊いた。

「依然として、それについては不明である」ジンガラは首を横に振った。

「だが、手持ちの情報を追跡していくと、そのほとんどが大神官へと収斂《しゅうれん》していく。これは、たしかだ。大神官が介入勢力の要であることは、まず間違いない」

「すべての謎は大神官が明かしてくれるのね」

あたしは小さくため息をついた。

汗を流し、髪を洗った。お顔のマッサージもたっぷりとやった。

ほどよいところで、泉からあがる。

布で濡れたからだを拭いた。

甲冑を着て、髪をととのえる。

山小屋に戻った。

小屋の外に、カバブとガジャボがいた。

石を組んでコンロをつくり、その上に鉄板を載せている。

バーベキューの準備だ。

「朝飯をつくるぞ」あたしたちの姿を見て、カバブが言った。

「串焼肉の親戚みたいなものだが、ちょっと違う」

小屋の正面が、そこそこの広場になっている、その端のほうにバーベキューコンロはあった。ガジャボが薪の束をせっせと運んでいる。

あたしとユリはコンロの前に立った。

「あっちを見てみな」

カバブが言った。

コンロの向こう側は、崖になっていた。切り立っているというほどではないが、それなりの急斜面がずうっと下までつづいている。その先は平原だ。というか、あれは高原になるのかな。あたし、ここは谷底だと思っていたけど、それは違っていた。山で言うと、中腹あたりだった。尾根を登り、そのあと少し下ったから、てっきり谷底に降りたのだと信じきっていた。

「あの高原の真ん中をよく見ろ」

腕を水平に挙げ、カバブが指差した。

「なんか、あるわね」

あたしは瞳を凝らした。緑の草っ原の中に、整地された場所がある。建物らしきものも並んでいて、明らかに人の手が加えられている。

「あれが石船の砦だ」

「！」

「乗員の宿舎と、石船の格納庫もある」

「石船はいるの？」

あたしが訊いた。

「いまは、まだいない」

カバブは断言した。

「どうして、わかるのよ」

ユリが訊いた。

「こいつが教えてくれる」

カバブがあたしとユリに向かい、左手を突きだした。

拳を握っている。

その拳をゆっくりとひらいた。

「なに？」

あたしとユリは、カバブのてのひらを覗きこんだ。

何かがてのひらに載っている。

黒い、小さな塊だ。親指ほどの大きさである。

「昆虫聖獣のスカラベだ」カバブが言った。

「数百体の群れが、ひとつの聖獣になっている」

「カバブ、闘士はやめたんでしょ」

ユリが言った。

「属性は残したままだ。やろうと思えば、串焼肉屋のまま聖獣闘戯もできる」

「…………」

「ここに着いたとき、スカラベを放った。その情報が、先ほどから届きはじめた」

「動くのは、石船が砦に戻ったときね」

あたしが言った。

「そうだ」カバブはうなずいた。

「ただし、それがいつになるかは、わからない」

6

二日待った。

三日目の朝、カバブに叩き起こされた。

寝ていたら、激しいノックの音がどんどんどんどんと響き、あたしは目を覚ました。うっさいわねえ。何時だと思ってんのよ。何時だかわかんないけど。

ぱんつ一枚の裸だったので、そのへんにあった布をからだに巻き、ドアをあけた。ユリはもちろん、起きない。高いびきで寝ている。

ドアの向こうには、カバブがいた。小屋の外は、まだ真っ暗だ。室内の明りもぼんやりとしている。カバブの背後から聞こえてくるいびきは、ガジャボのものだ。ユリのいびきとハモっている。

「きたの？」

あたしは訊いた。カバブの顔を見て、何があったか、予想がついた。

「ああ」小さくあごを引き、カバブは言った。

「夜になってから石船が砦に入った。大型船が一隻だ」

「こそこそとやってくるのね」

「目立つのを避けているのかな」

「どれくらいいるのかしら？」

「いつもだと二、三日だ。補給をして、いなくなる」

「じゃあ、確実にゲットできるのは」

「きょうの夜しかない」

「いよいよ作戦開始ね」

作戦は二日前にできあがっていた。

石船の砦を眼下に眺めながら、バーベキューの朝食を堪能したあとだ。

「奪えるかしら？　あたしたちだけで」

と、あたしは話を振った。

「奪える」カバブはきっぱりと言いきった。

「こっちにはドラゴンがいる。黒豹頭の戦士もいる。戦力としては、十分以上だ」

「石船の乗員って、何人？」

ユリが訊いた。

「大型船だと四、五十人ってとこだな。そのうちの半分くらいが闘士だ。いや、もっと少ないかも」

「砦に常駐しているのは？」

あたしが訊いた。

「十人前後だ。前にスカラベで調べた。つまらん仕事なので、長続きしない。いるのは、やる気のない連中ばっかしだ」

そりゃ、そうね。ふつうの人生では味わえない冒険を求めてバーバリアン・エイジにきたのに、与えられた任務が高原にある砦の留守番役じゃあ、誰も喜ばない。きたがるのは、何もないところで日がな一日ぼおっとして過ごしていたい人だけだろう。もちろん、そういう人がわざわざバーバリアン・エイジに参加することはない。それなら、よそにもっといい保養地がたくさんある。

「楽勝じゃねえか」

ガジャボが言った。

「楽勝だから、まずい」カバブは右手を左右に振った。

「重要なのは、石船を傷つけないで、兵士だけを排除するということだ。これがむずかしい。いざとなったら、兵士は石船を爆破する。そのように指示されている。わしが乗っていたときも、そうだった。艦橋に自爆スイッチがあるんだ」

「負けると思ったら、さっさとそのスイッチを押しちゃうのね」

「石船を吹き飛ばされたんでは、襲撃の意味がない」

「勝負は一瞬ってことか」

ガジャボが言った。

「そのために作戦が要る」カバブは、木の枝を取りだし、それで地面に図を描いた。

「失敗は許されないぞ」

カバブと石船到着の話をしている間に、夜が明けた。

ユリを起こす。ガジャボも起床させる。ジンガラとアーシュラは睡眠をとらない。最初から起きていた。

出発の準備に取りかかった。日没と同時に、ここを発つ。時間的に余裕はある。あるけど、いざそのときがくると、心のゆとりがちょっとなくなる。なんだか、せわしない。ついついばたばたしてしまう。

午後になって、少し落ち着いた。水浴びをして、早めの夕食を食べた。忘れ物はない。たぶん、ない。

陽が沈む直前、ジンガラをミニドラゴンから本来の姿に戻した。五人が、その背中に乗った。闇の中を飛ぶ。近くに町はない。街道もない。ドラゴンが敵に視認される可能性はほぼ皆無だ。

暗くなった。

ジンガラがふわりと地上から舞いあがった。

高度をあげる。砦までは、直線で百キロ弱。全力で飛んだらすぐについてしまうので、ゆっくりと行ってもらう。ときどき高度を下げ、カバブがスカラベを回収した。情報が刻々ともたらされる。

「乗員はほぼ全員が宿舎に入った」

「石船に当直として残っているのは、五、六人だ」

「石船を十人余りの歩哨が囲んでいるが、やる気はない。退屈しきっている」

「補給が終わり、石船には油脂弾や食料がたっぷりと積みこまれた」

スカラベから受け取った情報を、カバブが口にだして言う。

「ねえ」ユリが言った。

「聞き忘れていたけど、石船って、どうして空を飛べるの？」

「公式の仕組みを知りたいのか？」

カバブが問いを返した。

「そう。まさかロケットエンジンじゃないでしょ」

「石船は鴻毛石《こうもうせき》でできている」

「こーもーせき」

「鴻毛石には、不思議な性質がある。熱せられると軽くなり、冷やすと重くなるのだ」

「便利な石ね」

あたしが言った。

「この石は、神聖アキロニア帝国が建国される数か月前、とつぜん発見された」

「あらまあ」

あたしの口がぽかんとひらいた。なんちゅう見えすいたシステム改竄であることか。

「鴻毛石の鉱山は、帝国が独占している。その場所は絶対の秘密だ。誰も知らない」

「で、どうやって、そいつを飛ばすんだ？」

ガジャボが訊いた。

「船内に釜が組みこまれている。その釜で湯を沸かし、蒸気の熱で鴻毛石でできた船体をまんべんなく温める。すると、石船は上昇を開始する。降下は蒸気を止め、船体を冷やすだけでいい。推進力には蒸気の噴射を用いる。それで、プロペラをまわすんだ」

「だから、飛行速度が遅いのね」

あたしが言った。

「そのかわり、移動距離に制限がない」

「意外に、節度のある仕組みだわ」

「覇権主義に徹している帝国であっても、この世界の調和にはそれなりの気を遣っているのだ」

そりゃ、金の成る木だもんね。バーバリアン・エイジは。

大回りをして、ジンガラは石船の砦に近づいた。スカラベの報告が届いた。

「砦は寝静まっている」

オッケイ。ようやくみんな寝てくれたらしい。もちろん、一部の歩哨は不寝番をしているはずだが、そんなのはたいした問題じゃない。最優先で片づける。

砦の上空にきた。

明りがぽつぽつと見える。それで、位置が確認できる。

「ガジャボ、お願い」

あたしが言った。

「おうさ」

ガジャボは印を結んだ。

呪文を唱える。

鳥の聖獣が召喚された。

猛禽ではない。しかし、でかい。翼長だけなら、ジンガラをも凌ぐ大型の鳥だ。

飛行聖獣アルバトロス。

闘戯は弱いが、ただ飛ぶだけなら、ほとんどの飛行聖獣に能力で勝る。なによりも、静かだ。風を自在に操って空を飛ぶ。

あたしとユリ、カバブとガジャボがアルバトロスに乗り移った。

ジンガラの背には、アーシュラひとりが残る。アーシュラはすっくと立って、大段平を抜いた。黒豹頭の双眸が、闇の中で黄金色に強く燦いている。

アルバトロスが、ジンガラから離れた。ジンガラは高度を下げる。逆にアルバトロスは上空へと舞いあがる。

ジンガラが石船砦に迫った。いまはもう本気で飛んでいる。めちゃ速い。すさまじい急降下だ。地上に向かって、一気に突っこんでいく。

水平飛行に移った。

砦の中に入った。

砦の真ん中に、石船が繋留されている。そのまわりに歩哨が立っている。たぶん。よく見えないけど。

アーシュラがジャンプした。

ジンガラの背から飛び降りた。

と同時に。

ジンガラが体をひねった。石船ではなく、兵員宿舎に向かった。

これがカバブの立てた作戦だ。

アーシュラが石船のまわりにいる歩哨たちを引きつける。

ジンガラが、乗員たちを宿舎ごと叩きつぶす（もちろん、つぶしても中にいる人間が本当に死ぬことはない。最悪でダチカンへの強制送還になるだけである）。

そして、うちらの出番。

「行っけー！」

覇王の魔剣を抜き放ち、あたしが叫んだ。

アルバトロスが反転した。

7

戦士アーシュラが歩哨の群れを蹴散らしている。

ジンガラは炎を吐き散らし、宿舎の建物を屋上から焼く。容赦ない攻撃だ。見た目は、完全にうちらが悪役だね。不意打ちだし、ドラゴンの顔は凶悪だし。

あっという間に砦全体が大混乱状態に陥った。

アルバトロスが着陸する。

繋留された石船の目の前だ。大きな翼による滑空なので、その襲来に、誰も気づいていない。

カバブが、アルバトロスの背中から飛び降りた。そのあとにあたしがつづき、さらにユリもくっついてくる。しんがりはガジャボだ。ガジャボはアルバトロスをジェムに戻した。

「船尾だ。船尾にまわれ！」

カバブが叫んだ。これは打ち合わせでも聞いている。石船の船尾には、非常ハッチがある。それは外部からの操作であけることができる。近代兵器なら、もちろんあけるのは簡単ではない。電子パスワードやら、生体認証やらが必要になったりする。でも、ここはバーバリアン・エイジの世界。閉じられた扉をあける鍵は、呪文と力だ。

船尾にまわった。ユリがのたのたしている。あたしはユリの手首をつかみ、ひっぱった。あんたが遅れると、あとで困るのよ。

船尾の下部に非常ハッチがあった。その前で、カバブが待っている。

ユリを押しだした。魔法バトンをかまえ、ユリが非常ハッチに向かって立った。

バトンを振り、呪文を唱える。呪文はカバブから教わったものだ。魔導士属性があると、呪文の効力は三倍増しになる。つまり、強力に効く……はず。

効かない。

ハッチがひらかない。でも、これは想定内だ。呪文でロックが解除されても、相手は石の塊である。簡単にはひらかないことがあるとカバブは言っていた。

「まかせろ」

ガジャボが飛びだした。走ったから、少し息を切らせている。

ハッチのくぼみをつかんだ。ユリは呪文を唱えつづけている。ついでに振りまでつけている。どっちかというと、それはやめてもらいたい。

ぐいとガジャボはハッチの扉を引いた。力仕事なら、ガジャボである。

がこん。鈍い音がして、扉が動いた。手前に大きくひらいた。

よっしゃあ！

カバブが船内に入った。もちろん、あたしも飛びこむ。

通路があった。まっすぐ船首へと伸びている。

たしか船内には当直の兵士が十人ほどいるはず。そいつらが、どこからでてくるかわからない。うしろを見ると、ユリもガジャボもちゃんとついてきている。

「うおっ」

カバブの叫び声が聞こえた。

ばたばたと足音が響く。

でたっ。

あたしはダッシュした。もちろん、覇王の魔剣をかまえている。さすがに、この中で聖獣闘戯をやるのはむずかしい。

カバブが数人の兵士と揉み合っていた。

「でええいっ」

あたしが突っこんでいく。斬る。ひたすら斬る。とにかく斬る。ここまできたら、やることはひとつだけ。敵を強制送還する。それしかない。とにかく、こっから消えてくれないと困るのだ。船外に放りだしている余裕は、まったくない。

斬って斬って、斬りまくった。何がなんでも、生命力を削りとる。リアルだったら、超凶悪犯だね。切り裂きジャックもかくやというおぞましさだ。

「薔薇縛り！　つらら吹雪！」

ユリが追いついた。魔法を連発する。

つぎつぎと兵士があらわれた。ジェムを身につけている者もいるが、やはり聖獣の召喚はできない。かわりに、佩剣を抜く。しかし、剣技となったら、あたしがいちばんだ。このランクの兵士で、あたしに勝てるやつはいない。しかも、ユリの魔法攻撃で動きを止められている。

数分でかたがついた。

当直兵士は九人だった。その全員をダチカンに送った。人間、非情に徹すれば、なんだってできるものである。

戦いながら、いつの間にか船内を移動していた。

「ここ、どこよ？」

カバブに訊いた。なんか、まわりがメカメカしい。装置だらけだ。デザイン自体はそれなりにレトロ。でも、とてもじゃないが、バーバリアン・エイジの世界には見えない。

「艦橋だ」カバブが答えた。

「ここで石船を操る」

おやまあ。暴れているうちに、石船の心臓部にきてしまっていたのだ。

言われてみると、コンソールデスクのようなものがある。木製の椅子も並んでいる。

「俺は船内を調べてくる」

ガジャボが言った。ナイスな提案だ。もしかしたら、どこかにまだ当直兵士が隠れているかもしれない。

「あたしも行く」

ユリがガジャボについていった。そうだね。魔法少女も一緒のほうがいい。ガジャボ、闘士としてはそこそこに強いが、生命力は正直いって低い。相手が戦士だったりすると、あっさり返り討ちにされてしまう。

カバブがコンソールデスク前の椅子に腰かけた。てきぱきとスイッチを入れた。

「すぐ発進できるの？」

あたしが訊いた。

「まだだ」カバブは首を横に振った。「制御釜に火を入れないといけない」

カバブが立ちあがった。

腰をかがめ、コンソールの横にもぐりこんだ。壁に小さな口があり、蓋がはめこまれている。

蓋を外し、カバブは呪文を唱えた。火を呼ぶための初級呪文だ。

「点火終了」首をめぐらし、カバブはあたしを見た。

「五、六分で蒸気がでる。そうしたら、上昇開始だ」

「アーシュラとジンガラに合図をしてくる」

小さくうなずき、あたしは言った。

通路にでる。

えと、メインハッチはどこだったっけ。

迷っていると、ユリがいた。

「誰もいないわ」

あたしに言う。

「じゃあ、アーシュラを搭乗させて」らっぴーと内心で叫び、あたしはユリに指示をだした。

「あたしはジンガラを戻す」

「オッケイ」

ユリが走りだした。そうか。メインハッチはあっちだったか。

あたしは印を結んだ。たぶん、もうジンガラは宿舎を壊滅させている。そういう段取りなのだ。いちいち確認はしない。

呪文を唱えた。ジンガラは、ユリの持つジェムの中に回収される。

回収呪文だ。

「アーシュラ、くるわよ」

ユリが帰ってきた。

「ジンガラは？」

「ここにいるのである」

頭の上で声がした。見上げると、そこにミニドラゴンが浮いている。げ、ユリってば、

回収するやいなや、ジンガラを幼生体にして召喚し直したんだ。

「宿舎はぺちゃんこである」ジンガラは言葉をつづけた。

「根こそぎとは言わないが、ほとんどの兵士がダチカン送りだ」

どしゃんがしゃんどこん。

けたたましい音があたしの耳朶を打った。

なにごとかと思ったら、アーシュラが船内に入ってきた。

足音かよ。

「ハッチを閉じるぞ」

ガジャボの声が聞こえた。

「お願い！」

あたしが応える。
艦橋に戻った。
カバブ、あたし、ユリ、ジンガラ、アーシュラ、ガジャボ。
全員が艦橋にそろった。
カバブはまたコンソール前の椅子に腰を置いている。
「総員、着席」カバブが言った。
「飛ぶぞお」
操縦桿を握る。
ぐいと、手前に引いた。
…………。
何も起きない。
少し待ってみる。
…………。
やはり、何も起きない。加速のショックやGもぜんぜん感じない。
「高度千メートル」
カバブが言った。
はあ？

「窓から外を見るのである」

ジンガラがあごをしゃくるように、首を振った。

窓があった。座席の横ではなく、ちょっと離れたところだ。席を立ち、覗きこんだ。

闇の中に、小さな赤い光がぽつんとある。

「宿舎の炎だ」ジンガラが言う。

「まだ燃えている」

あらまあ。

この石船、本当にもう飛んでいるんだ。

「こっちへきな」カバブが、あたしたちを呼んだ。

「これから、自動操縦装置の解析をはじめる」

そうか。

いよいよ大神官の居場所がわかるんだ。

8

自動操縦装置の解析って、どうやるのか。

「魔法でやる」

カバブが言った。

やっぱりね。

「あらあ、またあたしの出番？」

ユリがしゃしゃりでた。魔法バトンを手にして、すでに足がステップを踏んでいる。

「で、どんな魔法をご所望？」

カバブに向かって訊く。

「ふつうの呼びだし魔法だ」

「ふつーの呼びだし魔法？」

「食べ物がほしいとか、服がほしいとか、そういうときに使う願望成就の呼びだし魔法があるだろ」

「はあ」

「それで、大神官の居場所がほしいと言って、この自動操縦装置に魔法をかける」

カバブは、コンソールの一角を指差した。

そこに丸いくぼみがある。アナログメーターのつもりらしい。でも、見た目は無骨な石鍋という感じ。テクノロジーと世界設定の狭間で、ハッカーのほうもけっこう苦労しているような気がする。

「大神官の居場所ね。いいわよ」

ユリが前に進んだ。カバブが椅子から離れた。ユリは立ったまま、コンソールを覗きこむ。

「ふうん」

小さくうなずき、魔法バトンを頭上に振りあげた。

ああ、また意味のない儀式がはじまる。ただ呪文を唱えるだけで終わる魔法なのに。

はじまった。

とりあえず、見る。

「バンコラドントラ、カップラキュー」

バトンをまわして、ユリが呪文を詠誦する。さすがに狭いので、動きは地味だ。——

ユリにしては。

「デストルタバラムイーランポルカ」

バトンの先端をくぼみに向け、ぴたりと止めた。

「大神官の居場所を示せ！」

ぼーん。

白い煙があがった。

なつかしさをおぼえるくらいトラディショナルな魔法である。

くぼみが光った。

オレンジ色の光だ。強い輝きではない。ぼおっと光る。

光が凹部を満たした。

光は静かに散っていく。

そして。

小さな光点がひとつだけ残った。

「ここは……」

ガジャボが、薄くなめした動物の革を取りだした。

「地図持ってるの？」

あたしが訊いた。

「傭兵は大陸中を渡り歩く」ガジャボは一枚革を大きく広げた。

「その機会を利用して、アルバトロスで移動するときに地上の様子を描きこんできたのだ。俺の力作だぞ」

「ねえねえ、光点はどこ？」

魔法儀式を終えたユリが息をはずませて訊いた。顔が上気している。おまえ、エアロビクスがわりに魔法やってるのか。

「ここだ」くぼみの中の光点の位置と地図のそれとを、ガジャボは見較べた。

「山がある。町はない」

「山の名は？」

「サンジェン・ボル」

「サンジェン・ボルぅ？」

あたしとユリ、それにカバブは互いに顔を見合わせた。

「この世界の古い言葉で、意味は奇跡の山」

「よくそんなところを記録していたわね」

あたしが言った。

「ここは結界の地だ」

「結界？」

「神聖アキロニア帝国が定めた禁断の場所だよ。絶対神ジャマールゆかりの禁足地。大陸のあちこちにいくつか存在している。入りこむと祟《たた》りがあるって話で、俺もそのすべてをチェックしている。サンジェン・ボルは、そのひとつだ」

「あやしーい」

ユリが言った。

同感である。すごく怪しい。祟りって、なんだよ。

「大神官は、サンジェン・ボルにいる」カバブが断言した。

「針路をそこに固定する」

「距離はどれくらいになるのかしら？」

あたしが訊いた。

「二千キロオーバーだ。けっこう遠い。こいつの時速は六十キロがやっとだからな」

カバブが答えた。

「休まず全速飛行しても四十時間弱ね」

ユリが言った。すごい、暗算をしている。魔法少女になったときの能力向上、恐るべし。

「現実問題として、その倍以上はかかるな。気流で流されたりする。全速力での巡航も長くはできないし」

「丸一日飛んだら、一度着陸してほしいんだけど」

あたしが言った。

「例の以心伝心魔法だな」

「そう」カバブに向かい、あたしはうなずいた。

「どこまでできているかわからないけど、目的地がわかった以上、なんとしてでも合流してもらうわ」

「大丈夫よ」ユリが言った。

「ゴステロ兄弟だもん」

いつもの能天気反応である。けど、今回はぜんぜん気にならない。ユリの言うとおりだと思った。ゴステロ兄弟なんだから。

でもって。

退屈無比の時間が流れて、丸一日が経過した。

後半はほとんど寝ていた。寝るのにはまったく向いていない木製の椅子だったが、それでも、あたしは寝た。もちろん、ユリも寝た。当然、ガジャボは寝た。前半から。カバブひとりが起きて操船をしていた。まことにもって、申し訳ない。

「降りるぞ」

カバブに起こされた。

「いま何時くらい？」

寝ぼけまなこで、あたしは訊いた。

「陽が落ちて、すぐだ。この時間帯なら、向こうも起きているだろう」

カバブは時差のことを言っている。熟睡しているのを叩き起こしたりしたら、それだけでよけいな時間を使ってしまう。なんとか無難なタイミングでコンタクトしたい。

着陸するのに適した台地があった。平坦で、草木が生えていない。ここに降りようと、暗くなる前にカバブは決めていたらしい。

ふわりと降りた。

ユリとガジャボを起こして、船外にでた。

石船の照明装置を使って、タラップの前を照らしだす。

地面に魔方陣を描いた。

バトンを持って、ユリが魔方陣の前に立つ。

今回は、時間がもったいないから、踊るんじゃないよと、あらかじめ言っておいた。

「魔法のパワーが落ちちゃうわ」

などとユリは反論し、むなしい抵抗を見せたが、あたしは容赦なく却下した。

「以心伝心魔方陣！」

ユリがバトンを回転させた。さすがにこれは省略しない。

呪文を唱える。多少、おかしな手ぶりやステップはあるものの、一応、てきぱきと儀式を開始した。

「ジル・ゴステロ」ゴステロ兄を呼んだ。

「筆頭魔導士のユリよ。聞こえてる？」

魔方陣に人影が浮かびあがった。

ゴステロ兄だ。今度は反応が速い。というか、待っていたという雰囲気がある。

「地面にすわって。棒きれでもなんでもいいから、それで絵や字を描けるようにして」

ゴステロ兄は短剣を抜いた。あぐらをかいてすわりこみ、短剣の切っ先で地面に文字を描いた。

〝ＯＫ〟

「いま、どこにいるの？」

ユリが訊いた。

〝オンバ・ドゥ。サンビラ山まで三日〟

「何人くらい集まっている？」

〝二百人確保。つぎの町で、あと五十人追加予定〟

「ゴステロ兄弟、最高。合流したら、コナンはいくらでも追加してあげる」

「…………」

「合流先が変わったわ。サンジェン・ボルに」

「…………」

「帝国ご指定の禁足地よ。あたしたち、そこで帝国に一泡吹かせてやる」

「…………」

「あたしたちは、あと二、三日で着く。向こうで待ってるわ」

「…………」

映像がブラックアウトした。時間いっぱい、ぎりぎりまで使った。途中から情報を一方的に伝えるだけになり、返答をもらうことができなかった。でも、必要なやりとりはすべてやった。ユリ、よくがんばったよ。百年に一回くらいは、ちゃんとした仕事をしてくれるんだね。

「ふっひゃあああああ」

おかしな声を発して、ユリが前のめりに転がった。この前よりも派手な倒れ方だ。まさしく精根尽き果てたらしい。

地面に毛布を敷いて仰向けに寝かせ、ユリを休ませた。

「オンバ・ドゥは、ここだ」

また、ガジャボが地図を広げた。

「ほぼ直角に軍勢が進路を変えると、距離的にはサンビラ山までと大差がない」

「ということは」

あたしはガジャボを見た。

「俺たちとほとんど同時に、向こうもサンジェン・ボルに着く」

「いい流れだ」カバブが言った。

「すぐに出発しよう」

「そんなあ」

ユリの泣きが入った。

第五章　あっと驚く電脳世界

1

眼下に山なみが広がっている。

陽は、まだ十分に高い。時間でいえば、午後二時くらいであろうか。

「サンジェン・ボルだ」

窓に向かい、ガジャボがあごをしゃくった。

ようやく着いた。結局、二日半を要した。あまりに遅いので、最後の四百キロはジンガラとアルバトロスに乗っていこうかと思ったが、それではゴステロ兄弟との合流タイミングに狂いが生じるということで、断念した。この戦いは総力戦になる。単独で突入しても、勝利は得られない。

「あんまり山って感じがしないわね」

窓の外を覗きこみ、ユリが言った。

本当だ、とあたしも思った。大神官がひそんでいるというから、どんなに峻険な山が聳《そび》え立っているのかと想像していたら、まるで違った。丘に毛の生えたような低山が幾峰も連なっている、なだらかな山地だ。だだっ広い高原も、そこかしこにある。別荘地にして分譲したら、わりと売れるんじゃないかしら。

「で、どうするの？」首をめぐらし、あたしはカバブに訊いた。

「このあたりを旋回して、援軍がくるのを待つ？」

「とりあえず偵察をしたいな」カバブが答えた。

「どこかに人工物があるはずだ。館とか、物見塔とか」

「地下に隠れている可能性も高いわ」

「それでも、何かが地上にでているだろう」

「ユリ」あたしは相棒に声をかけた。

「魔法をお願い。リモート・センシング」

「ないわよ。そんなの」

一蹴された。

「あそこだ！」ガジャボが叫んだ。

「あそこに何かがある」

窓を指差し、ガジャボがあたしたちを見た。

「あそこって、どこ？」

「何って、なに？」

あたしとユリが、自分たちの窓に顔を寄せた。

「あそこだ。左の高原の奥。岩場の手前に白く光っている」

左の高原の奥で、岩場の手前。

あたしは瞳を凝らした。いまの高度は千メートル前後ってとこだろうか。そんなに高空を飛んでいるわけではない。

白い光。

きらりん。

あった。陽光の反射だ。鈍く輝いている。岩の塊？　いや、違う。あれはたしかに建物だ。人工の建築物である。

「あっ」

ユリが声をあげた。

「神殿！」

あたしも言葉を発した。

そう。あれは間違いなく神殿だ。それもすごく巨大な。

ジャマール神の神殿は、様式がおおむね決まっている。白くて壮麗で、仰々しい。

そこにあるのは、まさしく白くて壮麗で、仰々しい神殿だった。

ただし、ひとつだけ他の神殿と異なることがある。

とんでもなくおっきいのだ。

あちこちの町に行くとふつうにある神殿の、優に三倍はあるね。

いやあ、あんなでかい神殿を堂々とぶっ建てていたんだ。ぜんぜん隠れていたわけではない。これ見よがしに、その存在を誇示している。禁足地だから、そうしたのだろうか。にしても、これだけあからさまに建っているのを見ると、いままでの旅はなんだったんだろうと思う。あれだけ探しても、大神官に関しては手懸りひとつ見つからなかったのに。

あたしはおもてをあげた。カバブのほうを振り返ろうとした。

そのときだった。

目の端で、黒い影を捉えた。

窓の外。神殿の上空である。

あわてて視線を戻した。

「船だ」あたしの口から、声が漏れた。

「石船の艦隊」

どっからあらわれたのだろう。蒼空に、石船が並んでいる。それも、一隻や二隻ではない。ざっと見て、十隻。あたしたちの船を囲むように飛んでいるから、たぶん、もっと多い。

「きやがった」

カバブが言った。操縦桿を握り直す。

「逃げるの?」

ユリが訊いた。

「それは無理だ」カバブは首を横に振った。「完全に包囲されている。どこにも逃げ場はない」

「ちょっとおもしろくなってきたわ」あたしは椅子から立ちあがった。「退屈していたから」

「戦うのであるか?」

ジンガラが訊いた。ミニドラゴンは、あたしのすぐ横に浮かんでいる。

「この石船が積んでいる武器は、油脂弾だけだぞ」

カバブが言った。

「わあってる」あたしはうなずいた。

「でも、うちらには魔法と特殊能力がある」

「それだけで、あの艦隊とやり合うのか？」

ガジャボが訊いた。

「向こうがやる気ならね」

「やる気みたいよ」

他人事のように、ユリが言った。

「みんな、特殊能力がいちばん強い聖獣を召喚して」あたしは言った。

「闘戯はしない。能力だけで応戦する。それで、とにかくゴステロ兄弟と合流するまで持ちこたえる」

「そりゃあ、たいへんだ」カバブがにっと笑った。

「そいつら、いつくるのかわからんのだろ」

「いきなりくる可能性もあるわ」

「あたし、テフテフを使う」

ユリが言った。昆虫系の聖獣だ。小型の聖獣で闘戯には向かないが、ペガサス同様、バディに風の力をもたらしてくれる。それも、恐ろしく強大な力だ。

「俺はタートルだな」

ガジャボは水の力を選んだ。空には雲がある。雲があれば、水の供給には事欠かない。

「わしは、シマネコで行く。電撃の力だ。火の力をサポートしてやる」

「それ、いいわね」

あたしはカバブに向かい、拳を握って親指を立てた。あたしの聖獣は、もちろんジンガラだ。ミニドラゴンのままで、炎の力は存分に揮うことができる。

あたしとアーシュラ以外の三人が呪文を唱えた。

聖獣が呼びだされる。どれも小型聖獣だ。石船の外にはだささない。特殊能力だけを、それぞれのバディが受け取る。

石船艦隊が迫った。艦首に大砲が突きでている。あたしたちの石船にはない装備だ。あそこから油脂弾を撃ってくる。鈍重な石船が、その攻撃をかわすのはかなりむずかしい。

やられる前にやる。

あたしたちは窓の向こうを睨んで、身構えた。どの窓から見ても、石船がいる。これは、狙い放題、攻撃し放題だね。あっちも同じだけど。

力発動！

四人がいっせいに、それぞれの力を放った。

ユリの風。

ガジャボの水。

カバブの電撃。

そして、あたしの炎。

最初に威力を見せたのは、ユリが繰りだした大竜巻の風だった。石船は船体を軽くして空を飛んでいるから、風にはめっぽう弱い。ましてや、ユリが叩きつけたのは、竜巻による渦流である。石船艦隊、それはもう大騒ぎさ。おまけにユリの風にはテフテフの鱗粉が含まれている。これがプロペラにくっつき、回転を重くする。こうなると、風をよけようにも、方向転換すらままならない。

そこに、ガジャボの水がきた。

雲から引きずりだしたとてつもない量の水である。その水がユリの起こした竜巻と一体になった。

言葉にならないすごさである。海で発生する大渦が、とつぜん上空に出現したようなものだ。

艦隊が右往左往する。操船できず、何隻かがぶつかり合った。密集していたことが仇になる。

その混乱の中へ。

あたしの炎とカバブの電撃が降ってきた。

たまらず、二隻が爆発した。

轟沈である。こりゃあ、乗員は間違いなくダチカン強制送還だね。生命力が一瞬で吹き飛ぶ。

よーし、一気に壊滅だ。

あたしは、そう思った。

思ったけど、甘かった。

数の差は、予想外に大きかった。特殊能力での奇襲にも限界があった。向こうにも闘士は乗っている。でもって、似たような聖獣を持っている。そいつらの力で、あたしたちの力が相殺された。

風がやむ。水が弾かれる。電撃が吸収される。

かろうじて、ジンガラの炎だけが残った。めちゃ強い力だから、炎はまだ暴れ狂っている。

艦隊の砲塔が火を吹いた。

十数隻の石船が呼吸を合わせて斉射した。

突きあげるようなショックがきた。衝撃は一回で終わらない。連続して船体を揺すぶる。

がくんと石船の速度が落ちた。

それから、上向きのGを感じた。

あたしの体重が軽くなる。ふわりとからだが浮く。

あらあ、ダイエット成功かしら。

違うぅぅぅ。

これは、墜落だぁぁぁ！

2

石船が燃えていた。へばりついた油脂弾の油が、プロペラと蒸気機関を灼いた。灼かれたところの鴻毛石は軽くなる。それ以外のところは蒸気の熱が伝わらないので、急激に冷えて重くなる。

船体が傾いた。あたしたちは足もとをすくわれ、床に転がった。

「脱出する！」カバブが怒鳴った。

「ガジャボ、聖獣チェンジだ」

「う、うおあああ」

声にならない声で、ガジャボが返事をした。

仰向けにひっくり返った体勢で印を結び、呪文を唱えた。

タートルがジェムに帰り、かわってアルバトロスが船外に出現した。

「ケイ、こっち」

ユリが言った。魔法で、ユリが脱出用の小型ハッチをあけた。そこから、ジンガラが船外に飛びだした。

すかさず、あたしが呪文を詠誦する。ジンガラを本来の姿に戻す。

落下する石船の左右に、ジンガラとアルバトロスが並んだ。

ユリがハッチをくぐる。

つぎがあたし。

「ぎゃっほおおおお」

半分悲鳴の声をあげ、あたしのからだがジンガラの背中に落ちる。先客として、ユリがジンガラの鱗にしがみついている。

ジンガラとアルバトロスが位置を入れ替えた。

カバブとガジャボとアーシュラが石船から離脱する。横から見てわかったが、これは大胆な空中ジャンプだ。十メートルくらい跳んだね。

三人がアルバトロスの背中に乗った。いいなあ、あっちは羽毛クッションだよ。こっちはちょっと痛かった。ドラゴンの背中は相当に固いのだ。

石船艦隊が油脂弾を撃ってくる。

反撃はしない。ここはいったん退いたほうがいい。

ジンガラとアルバトロスが降下した。

神殿へと向かった。神殿の前は広大な広場になっている。草や木はほとんど生えていない。一応、整地されているが、表面は平らではなく、けっこうでこぼこしている。でも、本当に広い。陸上競技のスタジアムなら、百面くらいとれちゃうね。面積だけなら、大陸内のどの城塞都市よりも広いんじゃないかな。

その広場に、ジンガラとアルバトロスが舞い降りた。

つぎの瞬間。

あたしたちは地上に倒れていた。

え？ と思うひまもない。

気がつくと、あたしとユリが重なり合っていた。

腰を打った。ユリは背中から落ちた。

見ると、ちょっと離れたところで、カバブとガジャボとアーシュラもひっくり返っている。ガジャボは、すごく痛そうだ。頭をかかえて俯《うつぶ》せになり、背中を丸めて呻いている。

何があったのか。

しばし間があって。

とつぜんわかった。

聖獣が消えたのだ。ジンガラとアルバトロス。でも、あたしは何もしていない。たぶん、ガジャボも何もしていない……はず。

「ボクは驚いたのである」

幼生体のジンガラが、あたしの目の前にあらわれた。

「あんた、どうして？」

あたしの頬がひくひくとひきつった。

「それは、ボクが言いたいせりふである」ジンガラはきゃんきゃんと言った。

「なんで、いきなり小さくしてしまうんだ？」

「あたし、してない」

「嘘である。ユリかケイのどちらかが呪文を唱えない限り、こんなことにはならないのである」

「唱えて小さくしたんなら、こんな痛い目に遭ってないわ」

ユリが反論した。

「しかし」

「あっちもへんなのよ」あたしはカバブとガジャボを指差した。

「アルバトロスが消え失せて、あっちの三人も、あたしたちと同じ目に遭った」

「どういうことなのだ」

「アルバトロスが、ジェムに戻っている」

呻きながら上体を起こしたガジャボが、かすれた声で言った。

「呪文は？」

「唱えていない。印も結んでいない。そんな余裕はなかった」

あたしの問いに、ガジャボは小さくかぶりを振った。

「結界だ」

カバブが言った。カバブは四つん這いになり、しきりに顔をしかめている。

「結界？」

「禁断の場所。入りこむと祟りがある。その祟りが、これだ」

「聖獣結界か」

ガジャボが言った。

「おそらくは」

カバブはあごを引いた。

「聖獣が無力化されるのね」

あたしが言った。

「それしか考えられない。結界は地上に張られていた。だから、着陸と同時に発動した。

アルバトロスはジェムに戻され、ドラゴンは幼生体になった。話の辻褄が、完全に合う」

「やってくれるわね。ジャマール神だか、大神官だか」

あたしは唇を噛んだ。

「石船だ」

ガジャボがあごをしゃくった。

振り返ると、石船が降下してくるのが見えた。上から攻撃を仕掛けてくる気配はない。当然だろう。そんなことをしたら神殿を巻き添えにする。だから、油脂弾は使えない。それを狙って、あたしたちはこの位置に降りたのだ。

十数隻の石船がつぎつぎと神殿前の広場へと着陸した。めちゃ広いから、石船なんて何隻でも繋留できる。

ハッチがひらいた。

陸続と兵士がでてきた。剣や棍棒などの武器を手にした戦士たちである。見た感じ、闘士の姿はない。なるほど。帝国の兵士もここでは結界の制限を受けてしまうんだ。例外なしってのは、けっこうフェアね。好感が持てるわ。

あたしは立ちあがった。覇王の魔剣をすらりと抜いた。いいわねえ、肉弾戦。聖獣闘戯なんかより、ずっといい。

「マジカルプリリンクルクルユリッコ。くノ一にな━れ！」

ユリの呪文が高らかに響いた。

バトンを振りまわし、ユリはくるりと一回転する。

全身が光り、衣装が変わった。髪型も、化粧も変わった。

暗紫色のミニ丈のキモノに黄金色の帯をきりりと締めた、ポニーテールの女忍者になった。背中には忍者刀を背負っている。

「くノ一カスミ、参上！」

白い翼形マスクに右手のVサインを重ね、ユリは凜と叫んだ。

おお、くノ一カスミ。ちょっと久しぶりである。

「………」

ユリの横に戦士アーシュラがきた。こちらも大太刀をすでに抜き払っている。

わらわらと帝国の兵士が集まってきた。

「アーシュラは、カバブとガジャボをお願い」あたしは言った。

「あたしたちは、あいつらの中に突っこむ」

戦力差は明らかだ。向こうは軽く三百人以上。こっちは五人。うちふたりは、いま現在戦闘能力ゼロ。でも、この三人はふつうじゃないわよ。みんなそろって桁違いの戦士よ。覚悟を決めて、かかってきなさい。

「でえええええい」

あたしが斬りこんだ。
「忍法！　乱れ稲妻」
ユリの忍び技が炸裂した。
どおおおおおん。
束になって、兵士が吹き飛ぶ。
斬る。なにはともあれ、敵は斬る。覇王の魔剣は、絶対無敵。
稲妻が疾った。薔薇の花びらが華麗に舞った。蜘蛛の糸が渦を巻いた。
さらには。
大段平がうなりをあげる。
どどどどど。
地響きが聞こえた。
敵の兵士を、あたしとユリとアーシュラとで半分ほど片づけたときだった。
視線を向けると、敵兵士の後方に土煙が湧きあがっていた。
誰かがくる。それも半端じゃない数の集団だ。
新手なの？　それはちょっとしんどい。
土煙が左右に割れた。
白煙の尾を引いて、騎畜の大群があらわれた。

聖獣じゃなくて、騎畜。スレイプニールやユニコーン、モアモアである。中でも八本脚の馬、スレイプニールの数が多い。

スレイプニールといえば。

「陛下！」

なつかしくも少し甲高い声が響いた。

ゴステロ弟。

「あねごー！」

ゴステロ兄もいた。

駆けつけてきたんだ。ゴステロ兄弟が。

あとでわかったが、ゴステロ兄弟が引き連れてきた軍勢のほとんどが闘士ではなく、戦士だった。こうなると、ジャマール神の結界が裏目にでる。

一気に敵の兵士を蹴散らした。

二百五十人の軍勢が、帝国軍を圧倒した。

あーん、はりきっていたけど、これじゃ、あたしの出番がない。くノ一カスミも手持ち無沙汰。戦士アーシュラに至っては、もはや棒立ちである。

「ユリ！　ケイ！」

カバブがきた。あたしたちふたりを呼んだ。

あたしたちはうしろを振り返った。

「神殿を見ろ」

カバブが言う。

言われたとおり、見た。

人の姿があった。

神殿の真正面、幅の広い石段が長くつづいている。その石段のいちばん上だ。そこに、数人の人影が立っていた。

「！」

見たとたんに、あたしの背すじがぞくりと冷えた。

立っているのは、真紅の礼服を着た女がひとり。そして、その背後には数人の小姓たちが控えている。

あの女。

もしかして。

大神官？

3

女に付き従っている小姓、いずれ劣らぬ美少年ばかりである。いつもなら、ついよだれを垂らしてしまうところだが、きょうはそんな余興をやってはいられない。かなり状況は緊迫している。

「ケイ、あれ」

ユリが言った。

「うん」あたしはうなずいた。

小姓のひとりの顔に見覚えがある。

バリー・キュナードだ。

あたしたちのお城を焼き、国を滅ぼした張本人。

こんなところにいたのね。

となると、やはり、あの女は大神官のガッラ・パブティマということになる。

でもでもでも。謎の大神官ってのが、こんなに簡単にでてきちゃっていいの？　それ、ちょっと問題よ。こっちが拍子抜けしちゃうじゃない。できれば、贋物であってほしいわ。そうでなきゃ、じわじわと追いつめていく楽しみがなくなっちゃう。

と。

女神官（とりあえず着ている礼服が神官のそれだから）が動いた。

両腕を左右に広げた。

ゆっくりと広げ、さらに頭上へと持ちあげていく。

てのひらとてのひらを合わせた。互いのしわとしわが合わさって、幸せ。

……ではない。

印を結んだ。

呪文を唱える。

なにするの？

あたしは身構えた。すごい技がくる？　恐ろしい魔力が吹き荒れる？　モンスターが団体で呼びだされる？

張りつめた時間が流れた。

「ぷはっ」

途中で、ユリが派手な息つぎをした。どうやら緊張のあまり、三分くらい呼吸を止めていたらしい。息つぎのあと、ぜいぜいとあえいでいる。死ぬわよ、あんた。

しかし。

それほど待っていたのに、何も起きない。誰もでてこない。

どうなってんのよ？

どよめきが聞こえた。

悲鳴が湧きあがった。

うしろだ。

何かが起きた。あたしたちの背後で。

振り返った。

逃げまどう戦士たちの姿が見えた。何ものかが、かれらを追いまわしている。

人間じゃない。もっとでかい。ていうか、すごくでかい。

異形生物だ。

聖獣！

じゃあ、いまあの女神官がやったのは。

「結界解除魔法」

ユリが言った。

くっそお、そうきたか。結界が逆利用され、帝国軍が窮地に陥った。そこで、すかさず結界を切った。聖獣が使えるのなら、圧倒的に闘士が有利だ。向こうは戦士と闘士を入れ替えた。

「援軍の中には、闘士がほとんどいないぞ」

カバブが言った。

今度はゴステロ兄弟の軍勢が、帝国軍に蹴散らされる。多少強くても、並みの戦士では闘士には勝てない。

「ジンガラ、復活よ！」

「当然である」

あたしは呪文を唱えた。

ジンガラが巨竜の姿に戻った。おお、たしかに結界が消えている。これで再逆転だ。

ジンガラ一体で、敵の聖獣数百体に相当する。たかだか四、五十体の聖獣なんか、ものの数にも入らない。鎧袖一触《がいしゆういつしよく》である。

「だめよぉ、楽してちゃ」

声が響いた。

甘ったるい口調だが、声はなぜか不気味に太い。

この声。

あたしはまたまた首をめぐらした。ああ、忙しい。

「！」

女神官と小姓たちがいなくなっていた。

かわって、怪しいいでたちの三人組が石段の上に立っている。

名前、知ってるわ。こいつらの。

リュアレ。フテン。デューザ。

「三兄弟」

カバブの顔色が変わった。

「ドラゴンのお相手は、あたしたちの封印聖獣よ。でなきゃ不公平でしょ」

ボディピアスをちゃらちゃらと鳴らして、リュアレが言う。ふざけるな。三対一のほうが不公平だぞ。

フテンとデューザが印を結んだ。

どどーん。

ティラーノとケラスが出現した。

ケツァルは？

「きゅるるるる」

ガラスを釘でひっかくような、いやな音が上空から降ってきた。

見上げると、頭上を黒い怪鳥が舞っている。

ケツァルだ。ずるい。リュアレは最初っから召喚していたのね。

「契約を交わしましょう」リュアレが言った。

「この聖獣闘戯、勝ったほうがすべての聖獣の支配者となるの。ドラゴンが勝ったら、三体の封印聖獣は、みなあなたたちのものよ」

あら、お得。

じゃ、ねーよ。負けたら、ジンガラを持ってかれちゃうじゃない。

「おもしろい」ジンガラが言った。

「受けてやれ。俺は負けない。封印聖獣はいただいたも同然だ」

ジンガラがそう言うのでは、しょーがない。

「いいわ」あたしは挑発に応じた。

「その契約、乗った」

リュアレとユリが契約締結の呪文を唱えた。これで、ジェムを賭けての聖獣闘戯が成立した。向こうが三体だから、こっちも三体まで聖獣が使える。

「ユリ、カバブ。聖獣をだして。ガジャボとアーシュラは、ゴステロ兄弟の援護」

「承知」

「………………」

「わかった」

「くーん、何にしよう」

ユリひとり、返事になっていない。

「能力聖獣よ」あたしが言った。

「この前と戦法は同じ。封印聖獣はジンガラにまかせる。あたしたちはバディを殪《たお》す」

「だったら、これだ」

カバブはシマネコを呼んだ。

「あたしはこっち」

ユリはくノ一から魔法少女に戻り、ペガサスを召喚した。風の能力はテフテフと同等で、さらに戦闘力も高い。

「行くわよっ」

闘戯スタートだ。石段に向かって、あたしたちは走りだした。

ジンガラが飛ぶ。風を巻いて、空高く躍りあがる。

「進歩ないわね」

あたしたちを迎え、リュアレが笑った。

三兄弟が背中合わせになった。

あたしとユリとカバブは、三方から同時に三兄弟を攻める。

ユリが竜巻を放った。

それにかぶさるように、あたしが炎をだす。火炎が激しい渦流になる。

さらに、カバブが電撃の嵐を重ねた。

必殺複合攻撃。

石段が割れた。

マグマが噴きだした。

げっ、平気で神殿を壊しちゃうんだ。これはちょっと意外。

紅蓮の火柱が壁になる。壁になって、あたしたちの複合攻撃を遮断する。

その隙間を縫い。

白銀の糸が伸びてきた。

糸がうねって、カバブに巻きつく。全身をぐるぐる巻きにする。あたしやユリでなく、カバブを狙うところが鋭い。

音がきた。

リュアレの力、超音波だ。

きぃぃぃーーーーん。

音としては何も聞こえないけど、受けるダメージはこんな感じ。頭の中で、存在しない音が爆発する。いやもうすさまじい衝撃だ。ショックで全身が硬直する。

こいつら、練習してたね。うまくなってるよ、連携プレイが。およそ練習とか特訓なんて言葉とはかけ離れている顔形してるのに。どーいうこと。そんなの反則だわ。

あたしたち三人は悶絶し、頭をかかえてへたりこんだ。

そのころ。

神殿前広場の真ん中では、ジンガラも苦戦していた。

ケツァルが高度を下げた。

それを追ったジンガラの足に、ティラーノが嚙みついた。動きが止まった瞬間を狙い、ケラスが突進してくる。さらにケツァルが、くちばしをジンガラの顔に突き立てる。こちらも抜群の連携プレイだ。傭兵駐屯地でのばらばら攻撃が嘘のようである。

「ユリぃ」

のたうちまわるあたしは、ユリに助けを求めた。

「ケイぃ」

しかし、ユリもまた超音波を浴びて技ひとつまともに繰りだすことができない。ごろごろと転がって、あたしはユリのほうへと移動した。ユリは這いずりまわって、あたしに近づく。あたしは手を伸ばした。ユリも両手をあたしに向かって突きだした。指先が触れた。それが絡み合い、てのひら同士が重なった。握る。手と手をしっかりとつなぐ。

あれがはじまった。

4

あれといえば、あれだ。

あたしたちのあれは、あれしかない。

クレアボワイヤンスである。

バーバリアン・エイジにきてから、三度目のあれ。半端な超能力のわりには、まめにでてきてくれる。けっこううれしい。

景色が歪み、輪郭が崩れた。色もまざってグレイになった。光がちかちかと散っている。

熱い。全身が熱い。意識が薄れ、現実と幻の境界がなくなっていく。

千里眼。あたしたちの場合は、ヒントのかけら、断片しか見えない一里眼だけど、今度は何が見られるのか。

光が強くなった。

白い光。

あっという間に広がり、その中に、あたしたちが沈む。

見えた。

びっくりするほどよく見えた。

これは、間違いなく千里眼だ。本物のクレアボワイヤンスだ。

と思ったつぎの瞬間。

光が失せた。

闇がすべてを呑みこんだ。

…………。

「う、うーん」

あたしがうなった。

はっとなる。

上体を起こした。

横にユリがいる。ぼんやりとしたまなざしで、あたしを見つめている。

時間が経っていない。いつものことだ。ロス時間は、たぶん数秒。

まわりを見た。

カバブがフテンの糸で白い塊になりかけている。ジンガラは、封印聖獣相手に奮闘中だ。けど、劣勢は否めない。三体がかわるがわる技を仕掛けてきて、さしものジンガラも、自分のペースで戦えない。すさまじいパワーを発揮できない。

敵の要は、封印聖獣だ。

恐ろしく強い。

でも。

あたしとユリが互いに顔を見合わせた。ともにうなずき、立ちあがる。リュアレの超音波はまだつづいている。それを精神力ではねのける。あたしたちは見た。だから、動く。何がなんでも、強引に動く。封印聖獣は、もう無敵じゃない。

封印聖獣は、封印されていた。

封印したのはジャマール神だ。封印して石に変えた。

神が用いたのは、封印魔法だ。この魔法を使えば、誰にでもあの三体を封印できる。

謎の封印魔法。

それをあたしたちは見た。クレアボワイヤンスで。

そう。手に入れたのだ。神の力、封印魔法を。

この魔法は、禁忌魔法のひとつである。術者が消費する生命力は尋常ではない。ざっと計算してみた。うちらがいま持っている生命力の約九十八パーセントに相当している。うちらって、たぶん、大陸でいちばんの生命力持ちだよ。それでも九十八パーセントがたったひとつの魔法で消えてしまう。なんちゅう、とんでもない魔法だ。

しかも。

魔法を揮う前に、まずやらねばならないことがあった。

封印聖獣の生命力を削るのだ。

弱らせ、可能な限り、その力を奪う。

作戦変更だ。

「カバブ、我慢してて」

一声叫び、あたしとユリはきびすを返した。

ダッシュする。もはや三兄弟をかまってはいられない。あたしたちの標的は、封印聖獣だ。ジンガラとともに、封印聖獣を攻撃する。

「ケイもうしろに」

ユリが言った。ユリの横にペガサスが並んだ。その背に、ユリが飛び乗った。

あたしのほうにくる。ユリが手をさしだした。その手をあたしはつかんだ。

えいや。

ペガサスにまたがる。すうっとペガサスが上昇する。

「ケラスの上に」あたしは言った。

「まずはあいつから」

ペガサスが弧を描いて飛んだ。ケラスに接近する。こいつに比べると、ペガサスって明らかに小型聖獣だね。

背後からケラスに迫った。その真上にきた。

飛び降りる。覇王の魔剣を手に、あたしはケラスの背中にすたっと立った。すかさずペガサスが反転する。反転してティラーノに向かう。

炎の力、発動。

どおんとケラスの背中が燃えあがった。

「ぐがおあっ」

ケラスが吼えた。怒りの咆哮だ。ええい、うっさい。これ、あたしだって熱いんだよ。

覇王の魔剣をケラスの首すじに突き立てた。

カキーンと切っ先が弾かれる。硬い。この魔剣で斬れないものがこの世界にあるとは思わなかった。

でも、斬りつける。同じ場所に、何度も何度も魔剣を叩きつける。鎧のような皮膚が、少しずつ削れていく。

ざくっ。

とつぜん、切っ先が沈んだ。魔剣がケラスの首に突き刺さった。

「げぎゃおううう」

ケラスが悲鳴をあげる。どう考えても、これは痛い。しかし、痛いだけではだめだ。これを致命傷にしなくてはいけない。

ぐりぐりと魔剣を動かした。傷口をえぐる。広げ、柄まで魔剣を突き立てる。ジンガラがケラスの角に裂かれたときもそうだったけど、封印聖獣を相手にすると、戦いの表現がリアルになる。

剣を抜いた。血がどばどばと噴きだした。その傷口に向かい。

「大火球!」

炎の塊を、あたしは叩きこんだ。

「げぼっきゅ」

ケラスが大きく身をのけぞらした。自分で言うのもなんだけど、これはえげつない攻撃だ。火球の炎が傷口から入って、ケラスの体内を駆けめぐる。内部から、聖獣の肉体を灼く。

「ケイっ」

ユリがきた。ペガサスに乗ったまま、ティラーノのまわりを一周して戻ってきた。あたしは再びジャーンプ。ペガサスの背中へと跳んだ。ケラスの生命力は、十分に奪った。

「ティラーノは?」

あたしが訊いた。

「ジンガラと激戦中」ユリは答えた。

「近づくこともできない」

「ケツァルは、どう?」

「あっちなら大丈夫」

だったら、ケツァルね。ケツァルを引きはがしたら、ジンガラはティラーノと互角以上に戦える。苦戦なんか、ぜんぜんしない。その生命力をあっという間に削りとっちゃう。

ペガサスが加速した。Uターンして、高度をあげる。

「よお」

アルバトロスがあらわれた。なんと、ガジャボとゴステロ兄弟が乗っている。

「えーーーーーっ」

めちゃ驚いた。まったく予期していなかった。

「久しぶりだな」

ゴステロ兄が言う。

「国王陛下も筆頭魔導士様もお元気でなによりです」

ひげまみれの顔で、ゴステロ弟が笑う。

「こっちの戦いは中断になった」ガジャボが言った。

「いくら広くても、あんな化物が四体も暴れていたんじゃ聖獣闘戯なんかやってられない。巻きこまれて、みんな生命力を失ってしまう」

「あんたたち、何する気？」

あたしの表情が険しくなった。

「ケラスとの一戦を見ていた」ガジャボが言った。

「なんだかわからねえが、この三体の聖獣にダメージを与えようとしている。そうだろ」

「だったら、俺たちも、それを手伝うぜ」

「危険よ。また強制送還をくらうわ」

「けっ」ゴステロ兄が肩をすくめた。

「強制送還が怖くて、バーバリアン・エイジで山賊をやってられるか」

「ゼロからやり直すのも、悪くない体験です」

ゴステロ弟も言った。

「いいわよ」ユリが言った。

「ついてきて」

「やらせるの？」

ユリの耳もとで、あたしは囁くように訊いた。

「封印魔法に専念できるわ」ユリはあたしを見た。

「ゴステロ兄弟はトップクラスの戦士。必ずケツァルの生命力を減らしてくれる」

そういうことか。あたしは得心した。封印魔法はあたしとユリがふたりで一緒におこなう。魔法実行に必要な膨大な生命力は、あたしたちふたりのものだから。あたしたち以外の者がケツァルをジンガラから離して生命力をもぎとってくれたら、封印魔法はすぐにかけられる。

ペガサスが降下を開始した。眼下にケツァルがいる。ジンガラを攻めるのに気をとられ、あたしたちの存在には、まったく気がついていない。

一気に間合いを詰めた。

まず、ペガサスがケツァルの脇をかすめる。

その刹那。

あたしは覇王の魔剣を一閃させた。

ずばっ。

翼の付け根を切った。ケラスと違い、切っ先が弾かれることはない。

いまだ。

ゴステロ兄弟が跳んだ。アルバトロスからケツァルの背中へと移動。翼の端にしがみついた。

傷口に剣の切っ先を押しこんだ。

5

ケツァルが悶絶する。ガジャボの剣は、ふつうの戦士のふつうの剣だが、すでにひらいている傷口をさらに広げるだけなら、封印聖獣が相手でもなんとかなる。

傷口には、あたしが火球を送りこんだ。離れていても、これくらいのことならできる。

「ぎぎゃぎゃぎゃぎゃ」

「ぶぎいっ」

ケツァルが失速した。翼が用をなさない。からだがくるりとまわった。

落下する。

ゴステロ兄弟が、いま一度跳んだ。跳んで、アルバトロスの上に戻ろうとした。ガジャボも、アルバトロスを絶好の位置につけていた。

マグマの火柱が疾った。

これは。

ティラーノがだした技じゃない。デューザが神殿の一角から放った特殊能力技だ。

ちっ、見えてたか。

「ゴステロっ!」

あたしが叫んだ。

火柱がふたりを直撃した。

生命力がゼロになる。

ふたりの姿が消えた。

ゴステロ兄弟。ダチカン強制送還。

やられた。一瞬の隙を衝かれた。

その直後。

今度は白銀の糸が、アルバトロスにからみついた。

フテン。ケラスの力だ。もちろん、その力はまだなくなってはいない。ケラスはあたしたちの攻撃で大きなダメージを負い、生命力を大幅に減じたが、それでもまだ動いている。聖獣として存在している。当然、特殊能力はフテンに託されたままだ。

アルバトロスが空中で転がるように回転した。

「うわっ」

ガジャボが振り落とされた。

そこに。

またマグマの火柱が突っこんできた。

炎が爆発する。

巨漢の闘士も消滅した。

ガジャボ。ダチカン強制送還。

一瞬の出来事だった。まばたき数回の間に、あたしたちは、たいせつな仲間を三人も失った。

「…………」

茫然自失。声もない。

「何をしている」

強い声があたしたちの耳朶を打った。

「やるべきことをやれ！」

ジンガラの声だ。ジンガラがティラーノと戦っている。立場は、完全に逆転した。ついさっきまで三体の封印聖獣に追いつめられていたジンガラだが、いまは一対一になって、ティラーノを圧倒している。ティラーノは、灼かれ、打たれ、切り裂かれて、全身血だるまだ。左足を折られて、まともに立っていることすらできない。むろん、生命力は限界近くまで低下している。

機は熟した。

ジンガラの言うとおりだ。

いまこそ、やるべきことをやるとき。でなければ、ゴステロ兄弟とガジャボの犠牲が、はっきりきっぱり無駄になる。

地上に降りた。

ペガサスをジェムに戻した。

ユリが素早く地面に魔方陣を描く。手順のすべては、クレアボワイヤンスで見た。

あたしとユリが魔方陣の中心に立った。

ふたりが向かい合う。

両手を前に突きだし、てのひらを合わせた。そのまま指をからませ、印を結んだ。

呪文を唱える。もちろん、合唱だ。同じ呪文を、ふたりで同時に詠誦する。

あたしとユリのからだから、陽炎《かげろう》のように光が立ち昇った。揺れる光、生き物のように、ゆっくりと蠢く。

呪文を唱え終えた。

「封印！」

あたしとユリが叫んだ。同時に印を解いて、あたしたちは抱き合った。

光が膨脹する。

ぶわっと広がる。

半球状の光が、神殿前広場を呑みこんだ。

ケラスも、ティラーノも、ケツァルも、呑みこむ。ジンガラも光の底に沈んだ。

と思ったら。

すうっと消えた。

コンマ数秒の奇跡である。

光がない。どこにもない。景色が、先ほどまでのそれに戻っている。

いや。

そうじゃない。違っているところがある。

オブジェだ。

それまでなかった巨岩のオブジェが、広場の真ん中にでんと聳え立っている。

石化した三体の聖獣。

ベッサムの傭兵駐屯地にあった、あの遺跡だ。その真上には、ジンガラの巨体が浮かんでいる。言うまでもないが、ジンガラは無事だ。いまはもう傷ひとつない。

三体の凶悪聖獣が封印された。

魔法、大成功。

安堵した。

ほおと息を吐いた。

あれ？

あたしの膝から、力が抜けた。

立っていられない。ものすごい脱力感。からだが重い。前のめりに崩れ、地面に手をつく。四つん這いになってしまう。

おもてをあげると、ユリもあたしと同じ恰好だ。

「生命力が」か細い声で、ユリが言った。

「なーい」

「くらえっ！」

やけに元気な声が、けたたましく響いた。

首をのったりめぐらすと、神殿の石段でカバブが能力を揮っているのが見えた。

獲物は、もちろん三兄弟だ。

華々しい電撃の嵐が、三兄弟を捉えた。

三兄弟、まったく抵抗できない。封印聖獣を失い、生命力もほとんど底をついている。

ばりばりばり。

電撃を浴びて、三人が昏倒した。

すかさず、カバブが駆け寄る。

捕り縄を取りだした。

「指名手配犯の三兄弟」高らかに宣した。

「殺人容疑で逮捕する」

三人を捕り縄で縛り、自分とかれらをつないだ。

「やってくれ」

振り返り、大声で怒鳴った。これは完璧に事前の打ち合わせどおりである。

ジンガラがカバブの呼びかけに応えた。

口をひらき、火球を放った。

カバブと三兄弟をドラゴンの炎で灼く。灼いて、生命力を奪う。

四人が消えた。

カバブと三兄弟。ダチカン強制送還。

このあと、かれらはGPOの宇宙船で惑星キンメリアから去る。カバブの二年近くにおよぶ潜入捜査は終結した。

やったね、カバブ。すごいよ。本名、知らないけど。

……さて。

いつまでも疲労困憊はしていられない。

渾身の力を振り絞り、あたしは立ちあがった。

「手を貸してよ」

ユリが言う。こやつは渾身の力を振り絞ったりしない。モットーは他力本願だ。

ユリを立たせた。ユリ、立ってからもあたしの腕にしがみついて体重を預けている。

重いよ。

神殿に向き直った。

誰もいない。白い石段は破壊されたまま。帝国軍の兵士も戻ってこない。まあ、戻ってきても、ジンガラにやられちゃうだけなんだけど。

「ボクなら、もう戦力ではないのである」

　ジンガラが言った。

　あたしの横にいる。

　ミニドラゴンだ。

「おまえたち、生命力を根こそぎ使ってしまったんだろ」ジンガラは言葉をつづけた。

「その生命力は、ボクとも共用していた。だから、ボクは幼生化される。これ、当たり前のこと」

「根こそぎじゃないわ」あたしが反論した。

「二パーセント残っている。あの膨大な生命力の二パーセントよ。そこらへんのへぼ戦士の何倍もの生命力に相当するわ」

「そんな貧弱な生命力では、ジンガラ本来の姿は維持できないのである」

　あっ、そう。

「で、どうするの？」

　ユリが訊いた。

「決まってるでしょ」あたしは答えた。

「神殿の中に入る。入って、女神官と小姓たちを追う」

「中にいるかしら？」

「いるのである」ジンガラが言った。

「力を感じる。すごく強い力。ボクはそれに強烈に惹かれる。なんか、こう、神殿内部へと呼びこまれている感じである」

「それって、やばくない？」

あたしが訊いた。

「どうだろう」ジンガラは首をななめに傾けた。

「よくわからないのである。でも、そのおかげで、先導できる。ふたりをどこかに導くことができる」

「どこか、という言い方がちょっといや」

あたしは顔をしかめた。

「でも、おもしろそう」

ユリは喜んでいる。思考力がないから。

「ボクは行くのである」

ジンガラが進んだ。

「あたしも行く」

ユリがミニドラゴンのあとを追った。

てえことは。

あたしも行くしかないじゃない。

「待ってよお」

あわてて、崩れかけた石段を登りはじめた。

6

外見どおり、うんざりするほど広い神殿だった。

しかも、がらーんとしている。

誰もいない。人の気配は皆無。これで荒れ果てていたら、廃墟そのものだが、すごくきれいで清潔だから、そんな感じはしない。とはいえ、不気味という点では廃墟とおんなじ。そのあたりから得体の知れない何かが飛びだしてきそう。モンスターとか、ゴーストとか、年増の魔法少女とか。

「何か言った？」

ユリが訊いた。

「ううん、なんにも」

あたしはかぶりを振った。

漠然とした不安感が心の裡にある。これまであり余る生命力を楯に、バーバリアン・エイジでやりたい放題やってきた。この不安感は、そのツケだ。

「こっちである」

ジンガラが言った。

あたしたちは奥へ奥へと進む。ああ、胸騒ぎが激しい。絶対にまずいよ、これ。もう少し生命力を回復させてから出直したほうがいいよ。

と思いながらも、足は勝手に前進していく。止まろうとはしない。止まると、ジンガラに置いていかれるから。

どのくらい歩いたことだろうか。

生命力につづいて体力が尽き果て、足がもつれるようになったころ。

階段があらわれた。

ジンガラ、そこを下っていく(といっても浮遊しているので、あたしたちみたいに膝や腰へのダメージはない)。

これがまた、あきれるくらい長い階段だった。

もういい。許して。と、土下座しそうになって。

ようやく終わった。

地下室に着いた。
通路がある。
これがまたくそ長い。
どれくらい長い通路かというと、先がまったく見えないくらい長い。
何十キロ延びているんだろう。大袈裟《おおげさ》でなく、そう思う。
「まだ行くの？」
あたしはジンガラに訊いた。
「行くのである」
ジンガラの答えは、短い。
やれやれ。
思いっきりため息をついた。
そのときだった。
真っ暗になった。
いきなり照明が消えた。
真の闇が現出した。
何も見えない。
本当に、本物の真っ暗。目の前にかざして自分の手すら、見ることができない。

うろたえた。びびった。動顚した。

しゅるるるる。

何かがこすれるような音がした。

縄のようなものが、からだに巻きついてくる感覚がつづいた。

縄じゃない。これは金属だ。金属の触手。それがあたしの腕やら足やら胴体やら首やら胸やらにからみつく。

強い力で縛られた。

気がついたら、もう身動きがとれない。みごとな緊縛状態だ。その筋の人ならすごく歓びそうな光景だが、残念。闇の中だから、何も見えない。って、何が残念だよ。

あたしは抗った。必死で触手（らしきもの）を振りほどこうとした。が、だめだった。からだはまったく動かない。

そのうちに違う感覚をおぼえた。頭や胸に、やわらかいものが貼りつけられる感覚だ。やわらかくて、丸くて、平べったいもの。なんだろう？　これ。

電極だ。閃いた。電極よ。けど、どういうこと？　脳波か心電図でもとるの？　もしかして、これって健康診断？

どおおおおん。

ショックがきた。

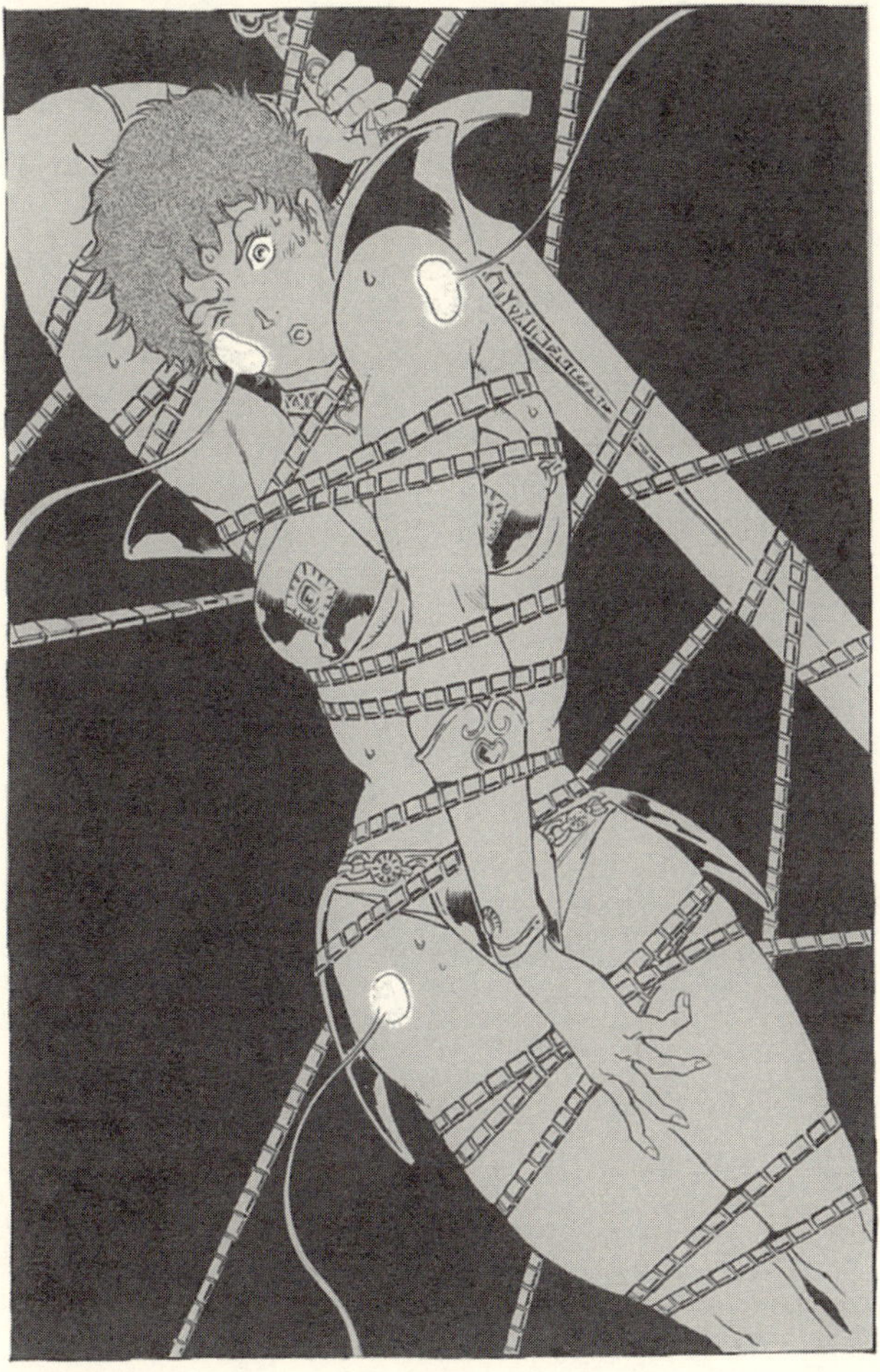

疑問がずらずらと重なっているところに。

肉体ではなく、意識そのものを揺すぶられるショックだった。

唐突に光が戻った。

純白の光。

まわり全体が、その白い光で隈なく満たされている。意識は鮮明だ。あたしはあたし。はっきりと認識できる。でも、何かへん。浮遊感覚がある。あたしはちゃんと存在しているけど、からだがどこにも触れていない。視界はある。ちゃんと光が見えている。でも、何も見えていない。あたしの腕がない。足がない。からだもない。あるのは、ただ白い光だけ。

「ケイ、そこにいるの？」

声がした。ユリの声だ。ユリ？　そんな姿、どこにもないよ。しかし、そこにユリがいるという感覚はある。声もちゃんとあたしのもとに届く。

「あたし、ここにいる」あたしは答えた。

「ユリはどこ？」

「あたしもここにいる。だけど、ケイの姿が見えない」

うぎゃあ、あたしは切れそうになった。どういうことなの？　これは。

「ようやく会えたのである」

べつの声が響いた。

どこかで聞いたような声。だが、はじめて耳にする声。

「混乱しているのであるな」

声が言う。わかった。声に聞き覚えがあるんじゃない。この口調があたしの耳に馴染んでいる。

「ジンガラなの？」あたしは尋ねた。

「それとも、チュリル？」

「どちらでもない」声は答えた。

「わたしはハワードである」

ハワード！

謎の提訴者。

「ねえ」ユリが口をはさんだ。

「ハワードでもなんでもいいから、教えてよ。あたしたち、いまどうなってるの？」

「ふたりの意識は、その肉体から分離された」ハワードは言う。

「いま、ここにあるのはユリとケイの自我だけだ。肉体はシステムの外にある」

はあ？　あたしはぽかんとなった。こいつ、何を言っているんだろう。

「仕方がないなあ」

べつの声が響いた。この声にも聞き覚えがある。なれなれしくて、自信たっぷり。それでいて低くて少し渋い声。

「よお」

男の姿が見えた。薄汚れたジーパンに革のジャンパーを着て、テンガロンハットをかぶっている。顔の半分は黒い髭に覆われており、左目にはアイパッチをしている。

この姿、一目で誰だかわかる。

「マイティ・ロック」

あたしはつぶやいた。

「ロック、戻ってきてくれたの」

ユリが言った。

「違うね」右手の人差指を立て、ロックはそれをちっちっちっと横に振った。

「戻ってきたんじゃない。俺はこの中にいた」

「この中？　神殿のこと？」

「そうじゃない。このシステムの中だ」

「はあ？」

「おまえたちの前にいる俺は、本物のロックじゃない。システム内に移された電脳人格だ。生身のロックは、もうバーバリアン・エイジから去った。つぎの仕事が入ったから。

あいつは、本物のハッカーだ。知ってるだろ。ハッカーの意味。本来は、犯罪者のことではない。電脳世界に精通した者への尊称だった。ところが、いつのころからか意味が変わった。一時期は犯罪をするやつとしないやつで、ブラックとホワイトにハッカーを分けていたこともあった。システム破壊を目論むやつなんかをクラッカーと言い換えていたときもあった。しかし、いまは悪いやつがみんなハッカーだ。そう呼ばれるようになってしまった」

「はあ」

「ロックはバーバリアン・エイジのシステムに介入した。それがやつの請け負った仕事だったから。だが、あいつは基本的にフェアだった。あいつはバーバリアン・エイジが気に入り、仕事抜きでここに留まった。ギャンブラーのマイティ・ロックとなって。システムへの介入は、契約満了に伴い、いっさいするのをやめた。あいつは本気で楽しんでいたんだよ。バーバリアン・エイジの世界を」

「はあ」

「とはいえ、それでは組織が困る。組織は契約の継続を願っていた。もっともっとシステムに介入してバーバリアン・エイジを徹底的に金の成る木に育てようと考えていた。それで、生身のロックに二週間ほど追加作業をやらせ、俺がシステムの内部に入った。俺は電脳世界のロックだ。ギャンブラーのマイティ・ロックじゃない。ハッカーのロックがマイティ・ロックになったあとは、俺がこのシステムをクライアントの望むものへと書き換えてきた」

「わたしは、ハッカーによるシステム介入を察知したのである」ハワードの声が、ロックの声にかぶさった。

「とてつもない危機がバーバリアン・エイジを襲おうとしていた。それを感じたわたしはシステムの外に助けを求めた。それがWWWAのメインコンピュータだった」

「じゃあ、この件の提訴者って人間じゃなかったの？」

あたしの顔がひきつった。顔、どこにもないけど。

「人間でなくても、人格はある。ハワードという仮想人格が。WWWAのメインコンピュータには、それで十分だった。だから提訴は受け入れられ、きみたちがここに派遣された」

「なんだかなあ」

あたしは首をひねった。そんなのありかよという感じである。あたしたち、人類の福祉に貢献し、かれらに降りかかる深刻なトラブルを解決するためのトラコンなんだよ。電脳システムのオペレータじゃないんだ。

「ハワードには、してやられたぜ」ロックが言った。

「きみたちがシステム内部に入りこんだおかげで、隠されていた自動修復シークエンスが動きだした。ハワードはすごいシステムだね。生身のロックも、ここまでは予想していなかった。きみたちの任務は終了だ。俺が仕掛けた聖獣闘戯のゲームをクリヤーし、ここに入りこむことが、きみたちの任務のすべてだった。ハワードがそのように仕組んでいた。俺たちは惨敗だ。そうだろ、パブティマ」

「そうみたいね」

またもや違う声が聞こえてきた。

女の声だ。

ガッラ・パブティマ。

これが、大神官だった。

7

「紹介しよう」ロックが言を継いだ。

「きみたちが会いたがっていた大神官を」

「姿が見えない」あたしが言った。

「声だけ聞かされるなんて、そんなの紹介じゃないわ」

「さっき、小姓と一緒に神殿の石段の上に立っていたのがパブティマでしょ」

ユリが言った。

「違う、違う」ロックは否定した。

「あれはダミーだ。展示用のお飾り。組織が送りこんだ、役者のねーちゃんさ。いざというときのために、大神官を演じてもらっていた。小姓連中とコミで。いまはもうここにはいない。移動距離制限のない飛行聖獣に乗せてダチカンに帰した」

「ダミー？」

「嘘でもなんでも実体は要る。でないと、支配者としての権威が保てない」

「パブティマは、わたしだ」

ハワードが言った。またもや、ややこしい発言である。いーかげんにしてほしい。どんどん話がわからなくなっていく。なんで、あんたがパブティマなのよ。あんた、ハワードじゃん。自分で、そう名乗ったじゃん。

「もともと、バーバリアン・エイジのシステム内にあった仮想人格は、わたし、つまりハワードただひとりだったのである」ハワードは言葉をつづけた。

「しかし、ハッカーによるシステム介入があったとき、わたしの人格は故意に分裂させられた。ハッカーが自分の言いなりになる仮想人格を必要としたからだ」

「それがパブティマってこと？」

ユリが訊いた。

「そうだ。区別するために異なる性属性を与えられたが、パブティマはわたしだ。同じシステムの裏表なのである。仮想二重人格だな。人間の病名で言えば、解離性同一性障害である」

「病気に罹《かか》っていたのね」

ユリが言った。うーん、それはちょっと意味が違うような気がする。

「で、これからどうなるの？」

あたしが訊いた。おぼろげながら、いまの説明で少し状況を理解した（たぶん）。要するに、このトラブルのほとんどは、バーバリアン・エイジのシステム内で起きていたということだ（たぶん）。本来、ここのシステムを管理していた仮想人格は、ハワードだけだった。そのハワードから、システムの支配権を奪うため、ハッキングした誰か（もちろん、生身のロックである）が、ハワードからもうひとつ仮想人格をつくりだした。それがパブティマだ（たぶん）。

パブティマは着々とシステム改竄を遂行し、ついには、ほぼ完全にバーバリアン・エイジの管理を乗っ取った。ハワードの行動は大きく制限されるようになった。そこで、ハワードはWWWAに提訴をおこなった。提訴は受け入れられ、あたしたちがバーバリアン・エイジにやってきた。

ちょうどそのころ、パブティマを生みだしたことで組織との契約を終えたハッカーのロックが、ギャンブラーという職業を得てバーバリアン・エイジに参加してきた。ロックはある種のポリシーを持った優秀なハッカーだったので、極めてフェアな姿勢でマイティ・ロックというキャラを演じつづけた。が、それは組織にとって不利益をもたらす行為だった。そこで、組織はシステム内にロックの能力をコピーしたあらたな仮想人格を送りこみ、対策を講じさせた。それが、神聖アキロニア帝国誕生を含む、あのシステム大改竄だった(ものすごく、たぶん)。

「どうなるも、こうなるもない」ハワードが答えた。

「ひとつのシステムには、ひとつの仮想人格。それが大原則である。そうでなくては、スマートなシステムとはいえない」

「………」

「そこで、きみたちに、ここまできてもらった。紆余曲折はあったが、これは間違いなく大団円だ。与えられた任務の総仕上げとして、きみたちはロックの仮想人格を消滅させる。わたしは、パブティマと融合し、もとの完璧な仮想人格であるハワードに戻る。そして、バーバリアン・エイジをあるべき姿に再構築する。すべてが、めでたしめでたしになるのである」

「ということは、仮想ロックがラスボス?」

あたしの声が、うわずった。

「すまないねえ」ロックが謝った。

「こんなつまらないやつがラスボスで」

いつの間にかロックの姿が消えていた。声だけが聞こえてくる。さっきの姿は、仮の映像だった。自分がロックであることを見せるためだけの一時的な静止画像。あたしたちにロックとして認識されたら、もう必要ない。

「よくわかんないけど、あたしたち、ここでロックと戦うの？」

ユリが訊いた。

それ、重要な質問だ。ロックを消滅させるって、どうやっていいのか見当もつかない。そもそも、いまのあたしたちは武器どころか肉体すら持ってないんだよ。

「いやいや」明るい声で、ハワードが応じた。

「実は、すでに作業は終わっているのである。きみたちをここに侵入させることで、それは完了した。さっきロックが言っていただろ。思いだしてごらん」

ロックが言っていた。

なんだっけ？

声が浮かびあがってきた。

「ハワードには、してやられたぜ。きみたちがシステム内部に入りこんだおかげで、隠されていた自動修復シークエンスが動きだした。ハワードはすごいシステムだね。生身のロックも、ここまでは予想していなかった。きみたちの任務は終了だ。俺が仕掛けた聖獣闘戯のゲームをクリヤーし、ここに入りこむことが、きみたちの任務のすべてだった。ハワードがそのように仕組んでいた。俺たちは惨敗だ。そうだろ、パブティマ」

これか！

「いま、ロックが消滅した」ハワードが言う。

「これから、わたしとパブティマの融合がはじまる。それが終わったら、もうきみたちに用はない。というか、むしろシステムとして邪魔になる。そこで、自動修復シークエンスはロック同様、きみたちの意識も消滅させる。当然、残った肉体も処分する。すばらしい結末なのである。むりやり引き裂かれたハワードの仮想人格はこれで完璧なものとなり、提訴もすべて満たされる。そして、バーバリアン・エイジの世界は偉大なハワードによって未来永劫支配される。いかがわしい組織が介入してくることは、金輪際ありえない」

「ちょっと待って」あたしが言った。

「なんであたしたちの意識と肉体を消しちゃうの。それ、やらなくてもいいことでしよ」

「仕方がないのである。自動修復シークエンスが動きだしてしまったから」

「止めろよ」

「止められないのである」

ふっ、ふざけるな。

「あたしたち、あなたを助けたのよ」

ユリが言った。そうだ。そのとおりだ。

「感謝している」ハワードは申し訳なさそうに言った。

「だから、苦痛のないように処理をおこなう。それで納得していただきたいのである」

納得できなーい。

ユリとふたり、声をそろえた。

「ハワードの馬鹿あぁぁぁぁぁ！」

思いっきり叫んだ。あらん限りの声を振り絞って、怒鳴った。

ずどどどどーーーん。

ショックがきた。

ショック？　電脳空間に？

と思った、つぎの瞬間。

視界が甦った。

唐突な場面転換である。

しばし、ぼーぜん。

あたしたちは白い通路の真ん中に倒れていた。

横にユリがいる。魔法少女の恰好だ。上体を起こし、きょとんとした表情であたしを見ている。でも、瞳の焦点が合っていない。いわゆる脳が動いていない状態だ。いつものことだけど。

あたしは自分のからだを調べた。甲冑を着ている。覇王の魔剣も握っている。これは、神殿内に入ったときの姿そのままだ。床にすわりこみ、背中を壁にもたせかけている。

ジンガラはどこにもいない。たぶん、もう処分された。

ずどどどどーーーん。

また鈍いショックがきた。ショックは壁と床を伝ってくる。しかも、それが少しずつ強くなっている。こっちに近づいてくるという感じだ。

ばきゃーーーん。

金属音が響いた。何かを叩いているような音。そんなに遠くない。

あたしは音のしたほうに目をやった。白い通路がどこまでもつづいている。

その通路の奥に。

黒い影があらわれた。

でっかい影だ。シルエットは人間のそれ。巨大な剣らしきものをぶんぶんと振りまわしている。それで、壁やら床やら天井やらを手あたり次第に斬り裂いている。

あれは。

アーシュラだ。

アーシュラが神殿の地下通路で暴れまわっている。

忘れてた！

そういえば、戦士アーシュラがいたんだ。そのことを忘れ、あたしたちがとっとと神殿の中に入ってしまったから、アーシュラはあわててあとを追ってきた。でもって、そこで、あたしたちの叫び声を聞いた。最後に怒鳴った「ハワードの馬鹿あぁぁぁぁぁ！」だ。アーシュラの中身はムギだから、電脳世界内部の声でも聞くことができちゃう。それを聞き、アーシュラはあたしたちが大ピンチに陥っていることを知った。それでシステムを納めたハードウェアの破壊に着手した。アーシュラにはどこがハードの心臓部か、見なくてもわかる。その破壊で、あたしたちの意識は肉体に戻った。ハワードと自動修復シークエンスの呪縛から解放された。

壁がひらいた。銀色に光る金属製の触手が、幾条もそこから飛びだした。

触手がアーシュラを捉える。捉えて巻きつき、ぐわっと締めつける。

神殿の防衛装置だ。

ばきっ。

アーシュラのからだが砕けた。

8

「みぎゃおうん！」

ムギが吼えた。黒い肢体が、空中に躍った。

アーシュラのボディが破壊された。それにより、ムギが久びさにその姿をあらわにした。もはや、伝説の戦士キャラを演じる必要はない。ムギはムギだ。最強のペットに戻った。

ムギの爪が一閃する。

触手が切られ、ばらばらになった。宇宙船の外鈑《がいはん》にも使われているKZ合金すら両断するムギの鋭い爪だ。こんなへぼメカ、敵ではない。

「ふみぎゃっ」

ムギがあたしたちの前にきた。うれしそうに喉をごろごろと鳴らしている。

おー、よしよし。ムギ、いまたーっぷりと撫でまわしてやるよ。

あたしは手を伸ばそうとした。

そのとき。

ムギの様子が一変した。

全身の体毛が逆立った。黄金の瞳が、らんらんと輝く。牙を剝きだし、首を小刻みに振る。うなる。跳ぶ。のたうちまわる。

あたしの動きが止まった。絶句し、全身が固まった。

こ、これってば。

「電波中毒ぅ？」

ユリが言った。

そうだ。

この挙動は、明らかに電波中毒だ。

あらゆる電波を関知し、電波、電流を自由に操ることのできるムギは、特定の波長の強力な電波をいきなり浴びたりすると、電波中毒に陥る。強力な電波がムギの脳に過剰な刺激を与え、思考中枢や運動中枢が一時的に麻痺してしまうのだ。そうなったら、もうムギは自己制御ができない。体内で電波を中和するまで、ひたすら暴れつづける。

暴れるったって、そのへんのいきがったあんちゃんが酔って暴れるのとは桁が違うよ。

黒い破壊者と呼ばれる銀河系最強の絶対生物が、我を忘れて暴れまくるのだ。当然だけど、ありとあらゆるものがこなごなに打ち砕かれる。最大風速三百メートルの台風にマグニチュード9の地震が重なり、そこに高さ五十メートルの大津波が押し寄せてきたような状況だ。

災害のバーゲンセールである。

「防衛装置のあほう」震える声で、あたしは言った。「ムギを止めようとして、高出力の妨害電波を流しちゃったんだ」

たぶん、ムギが電波、電流を操作してシステムに干渉していることを察知したのだろう。それで、相手が何ものであるのかも確認せずにマニュアルどおりの対抗策を実施してしまった。

ムギが暴れる。肩口に生えている二本の触手を振りまわし、耳の巻きひげをびりびりと振動させて、床を前肢で殴る。壁を後肢で蹴る。床も壁も一撃で粉砕され、瞬時に瓦《が》礫《れき》と化す。

「どうしよう?」

ユリが言った。

「知ーらない」

あたしが答えた。知るわけないわよ。こんなの、いまのあたしたちに制止できるはずないじゃない。

電波中毒の症状を軽減させるのには、三つの方法がある。

ひとつは防衛装置をコントロールし、妨害電波を止めること。

もうひとつは、高出力の電波発信機を使い、妨害電波に対する干渉波を流すこと。

そのどちらの方法も、いまのうちらには実行不可能だ。

最後の方法は、どうだろう。

ムギを放置する。放置して、好きなだけ暴れさせる。すると、いつかは妨害電波の発生装置を破壊する。発生装置が壊れれば、電波が止まる。そして、ムギは正常に戻る。

これは……できる。

ていうか、これしかできない。

「逃げるわよ。ユリ」

あたしは言った。

「どこに？」

しごくまっとうな質問が返ってきた。

「あっち」

あたしは通路の先を指差した。ムギがいるのとは反対側だ。通路はずうっと向こうまで、えんえんとつづいている。

逃げた。

ユリとふたりで、あたしはその場から逃げだした。

走る。足もからだもだるだるだけど、そんなこと言ってられない。

とにかく走った。走って、逃げた。

うしろではムギが暴れている。この神殿を根こそぎぶち壊そうと、奮闘している。これは一種の本能だ。壊せば、電波が止まる。このすさまじい苦痛から解放される。それを肉体が知っている。

逃げたのは、正解だった。

体感距離で十キロほど走ったら、大きな部屋にぶち当たった。

中を覗くと、そこにはいろいろなものがある。コンソールデスクとか、シートとか、大型スクリーンとか、飛行聖獣の格納庫とか。

ここはバーバリアン・エイジの裏側だ。バーバリアン・エイジにはあってはならない、ごくふつうの二十二世紀テクノロジーが、ここには存在している。

え、飛行聖獣の格納庫？

それって、ばっちしじゃない。

扉をこじあけ、急いで中に入りこんだ。こうしている間も、ムギの無差別破壊は確実に進行している。それがコンソールデスクの表示でわかる。人影は皆無だが、システムは稼働中だ。スクリーンにも映像が入っている。その映像がアラートだらけで真っ赤だ。しかも、アラートはコンマゼロゼロゼロゼロ一秒単位で増殖している。

飛行聖獣がいた。これ、中身は高性能のＶＴＯＬである。外観が猛禽の聖獣に擬装されている。ファルコンだね。どこをどう眺めても、航空機には見えない。すばらしい完成度。しかも、緊急事態モードに入っていたのか、すでに発進態勢がととのっている。頭上を見上げると、脱出用ハッチも全開だ。システム、えらい。無人でも、誰か未登録の人間がいることを想定して、きちんと待避シークエンスを作動させている。

ファルコンに乗った。背中にまたがるのではなく、ちゃんと座席がある。四人乗り。余裕十分ね。

エンジンスタート。垂直上昇を開始した。

一気にファルコンは高度をあげる。

地下からお外へ。

ぽーんと飛びだした。

水平飛行に移った。

まずはスクリーンで下を見る。

どーん。

衝撃波がきた。

ファルコンが揺れる。激しく振動する。

神殿が崩壊した。

地下で、何かとんでもないことが起こったらしい。建物の中心がぐぐっと沈み、神殿全体が穴にでも吸いこまれるように崩れ落ちていく。そのさまが、スクリーンにはっきりと映しだされている。

「ムギ」

さすがに心配になった。

ファルコンを降下させる。崩れた神殿に接近する。

「あっ」

ユリが叫び声をあげた。

操縦のため、あたしが一瞬、視線を外したときだった。

目をスクリーンに戻す。

「はあ？」

口がぽかんとひらいた。

神殿が建っている。ぜんぜん崩れていない。なんでえ？　あんた、さっきぐじゅぐじゅっと崩壊したでしょ。瓦礫の山になったでしょ。

と思ったら。

また神殿が崩れた。

がらがらがら。

そしてまた。

いきなり復活する。

「神殿だけじゃない」ユリが言った。

「そこらじゅう、ひらいたり閉じたりしている」

「？？？？？」

あたしの脳細胞が疑問符だらけになった。

スクリーンの映像を大きく引いてみた。

「うっひゃあ」

びっくりした。

ユリの言うとおりだ。そこらじゅうが、もうたいへんなことになっている。穴があき、それが閉じる。聖獣が出現し、即座にジェムに戻る。魔導士が出現し、消える。モンスターがでてくる。コナンに変わる。森が燃えあがる。鎮火して町ができる。湖が生まれる。あっという間に干上がる。

なるほど。この世界は、こういう仕掛けになっていたのか。やっぱ、よくできてるわあ。

って、感心している場合ではない。制御システムが壊れたのだ。だから、世界がめちゃくちゃになった。

「きゃあっ」

甲高い悲鳴があがった。

あたしの背後だ。ユリの声である。

振り返った。

ユリがすっ裸になっていた。

座席の上で。

「ユリ、それ……」

とあたしが言おうとしたら、ユリがくノ一カスミに変身した。

光る。ユリのからだが光る。

歌姫になった。

ダンサーになった。

裸になった。

吟遊詩人になった。

女盗賊になった。

裸になった。

魔法少女に戻った。
裸になった。
「だめえ。助けてえ！」
半べそをかき、全裸のユリが泣き叫ぶ。
「ぎゃおん！」
その声に応えるかのように。
ムギが忽然とあらわれた。地上から跳んできて、ファルコンの背中に乗った。
このムギは。
いつものムギだ。
電波中毒から脱して、復活した。
どどーん。
火山が噴火する。
ばこーん。
高原が陥没する。
ユリはすっ裸。
あたしは、大混乱。
「…………」

座席のバックレストに背中をもたせかけ、あたしは静かに目を閉じた。

栄光の日々。夢の世界、バーバリアン・エイジ。

「終わった」

あたしは小さくつぶやいた。

何もかも、終わった。

本物のエピローグ

なんとかダチカンに帰りついた。

ダチカンもすごいことになっていた。つぎつぎと犠牲者が運ばれてくる。死者、負傷者、錯乱者。数をかぞえる気にはならない。表現するのなら、一言ですむ。たくさん。

WWWAのトラコン特権で、宇宙船〈マドンナⅢ〉を呼んだ。地上が変化しまくっているため、着陸はできない。高度二千メートルで待機させ、そこまでファルコンで飛んだ。このファルコンは非常脱出用の航空機なので、システムの管理から切り離されている。だから、とつぜんジェムに戻るなんてことはない。

ありとあらゆる方面に、WWWAとして救援出動を要請した。ピクト（惑星キンメリアの衛星ね）からも、政府の大救助隊がやってきた。

惑星規模のパニックは、三週間にわたってつづいた。

なにしろ、大陸全体の管理をすべてハワードにまかせていたから、どうやっても、すぐには事態が収拾できない。スペクタクルを演出するため、テラフォーミング規模の改造もおこなっていたのが裏目にでた。マントル対流をいじるなよ。

連合宇宙軍が投入された。

サンジェン・ボルに分子爆弾が落とされ、暴走するシステムをハードまるごと塵に変えた。

これでようやく、果てしない破壊と創造がおさまった。

大陸は穴だらけになった。システムによって管理されていたナノマシンが自動復元をやめたから。

ユリの秒単位七変化も終焉した。

ふつうの服を着られるようになった。

ソラナカ部長からは、すてきなメッセージが届いた。

「帰投に及ばず」

そんなあ。

あたしたちに責任はない。

悪いのはハワードだ。

ルーシファだ。

仮想人格の提訴なんて怪しいものを受理したメインコンピュータだ。
泣いてもわめいても、あたしたちの声は本部に届かない。
無視されつづけること二か月。
とつぜん、処分免除の裁定が下った。
GCPOからWWWAに感謝状が贈られたのだ。
凶悪犯罪者逮捕に対する感謝状。
カバブ、ありがとう。
あなたのことは、あたしたち永久に忘れない。
本名は知らないけど。

ユリ衣裳デザイン協力：瑞穂わか

本書は、二〇〇七年十月に早川書房より単行本
として刊行された作品を文庫化したものです。

ダーティペア・シリーズ／高千穂遥

ダーティペアの大復活

ユリとケイが冷凍睡眠から目覚めたら大変なことが。宇宙の危機を救え、ダーティペア！

ダーティペアの大征服

ヒロイックファンタジーの世界を実現させたテーマパークに、ユリとケイが潜入捜査だ！

ダーティペアFLASH 1 天使の憂鬱

ユリとケイが邪悪な意志生命体を追って学園に潜入。大人気シリーズが新設定で新登場！

ダーティペアFLASH 2 天使の微笑

学園での特務任務中のユリとケイだが、恒例の修学旅行のさなか、新たな妖魔が出現する

ダーティペアFLASH 3 天使の悪戯

ユリとケイは、飛行訓練中に、船籍不明の戦闘機の襲撃を受け、絶体絶命の大ピンチに！

星界の紋章／森岡浩之

星界の紋章Ⅰ―帝国の王女―

銀河を支配する種族アーヴの侵略がジントの運命を変えた。新世代スペースオペラ開幕！

星界の紋章Ⅱ―ささやかな戦い―

ジントはアーヴ帝国の王女ラフィールと出会う。それは少年と王女の冒険の始まりだった

星界の紋章Ⅲ―異郷への帰還―

不時着した惑星から王女を連れて脱出を図るジント。痛快スペースオペラ、堂々の完結！

星界の紋章ハンドブック

早川書房編集部編

『星界の紋章』アニメ化記念。第一話脚本など、アニメ情報満載のファン必携アイテム。

星界マスターガイドブック

早川書房編集部編

星界シリーズの設定と物語を星界のキャラクターが解説する、銀河一わかりやすい案内書

星界の戦旗／森岡浩之

星界の戦旗Ⅰ—絆のかたち—

アーヴ帝国と〈人類統合体〉の激突は、宇宙規模の戦闘へ！『星界の紋章』の続篇開幕。

星界の戦旗Ⅱ—守るべきもの—

人類統合体を制圧せよ！ラフィールはジントとともに、惑星ロブナスⅡに向かったが。

星界の戦旗Ⅲ—家族の食卓—

王女ラフィールと共に、生まれ故郷の惑星マーティンへ向かったジントの驚くべき冒険！

星界の戦旗Ⅳ—軋《きし》む時空—

軍へ復帰したラフィールとジント。ふたりが乗り組む襲撃艦が目指す、次なる戦場とは？

星界の戦旗ナビゲーションブック

早川書房編集部編

『紋章』から『戦旗』へ。アニメ星界シリーズの針路を明らかにする！　カラー口絵48頁

次世代型作家のリアル・フィクション

マルドゥック・スクランブル The First Compression——圧縮
冲方 丁

自らの存在証明を賭けて、少女バロットとネズミ型万能兵器ウフコックの闘いが始まる。

マルドゥック・スクランブル The Second Combustion——燃焼
冲方 丁

ボイルドの圧倒的暴力に敗北し、ウフコックと乖離したバロットは〝楽園〟に向かう……

マルドゥック・スクランブル The Third Exhaust——排気
冲方 丁

バロットはカードに、ウフコックは銃に全てを賭けた。喪失と安息、そして超克の完結篇

第六大陸1
小川一水

二〇二五年、御鳥羽総建が受注したのは、工期十年、予算千五百億での月基地建設だった

第六大陸2
小川一水

国際条約の障壁、衛星軌道上の大事故により危機に瀕した計画の命運は……。二部作完結

著者略歴　1951年生，法政大学社会学部卒，作家　著書『連帯惑星ピザンの危機』『ダーティペアの大冒険』『ダーティペアの大征服』（以上早川書房刊）他多数

HM=Hayakawa Mystery
SF=Science Fiction
JA=Japanese Author
NV=Novel
NF=Nonfiction
FT=Fantasy

ダーティペア・シリーズ〈7〉

ダーティペアの大帝国《だいていこく》

〈JA991〉

二〇一〇年三月二十日　印刷
二〇一〇年三月二十五日　発行

著者　高《たか》千《ち》穂《ほ》遙《はるか》

発行者　早川浩

印刷者　矢部一憲

発行所　株式会社　早川書房

郵便番号　一〇一 - 〇〇四六
東京都千代田区神田多町二ノ二
電話　〇三 - 三二五二 - 三一一一（大代表）
振替　〇〇一六〇 - 三 - 四七七九九
http://www.hayakawa-online.co.jp

（定価はカバーに表示してあります）

乱丁・落丁本は小社制作部宛お送り下さい。
送料小社負担にてお取りかえいたします。

印刷・三松堂株式会社　製本・株式会社川島製本所

ISBN978-4-15-030991-6 C0193